조력자의 힘

조력자의 힘

초판 1쇄 발행 2016년 2월 16일

지 은 이   서윤덕
발 행 인   권선복
편집주간   김정웅
표   지   최새롬
내   지   용은순
마 케 팅   정희철
전 자 책   신미경
인   쇄   천일문화사

발 행 처   행복한 에너지
출판등록   제315-2013-000001호
주   소   (157-010) 서울특별시 강서구 화곡로 232
전   화   0505-613-6133
팩   스   0303-0799-1560
홈페이지   www.happybook.or.kr
이 메 일   ksbdata@daum.net

값 15,000원
ISBN 979-11-86673-40-9 03810

행복한 에너지는 독자 여러분의 아이디어와 원고 투고를 기다립니다. 책으로 만들기를
원하는 콘텐츠가 있으신 분은 이메일이나 홈페이지를 통해 간단한 기획서와 기획의도,
연락처 등을 보내주십시오. 행복한 에너지의 문은 언제나 활짝 열려 있습니다.

리더보다 당당한, 친구보다 든든한 '조력자'의 삶과 열정!

조력자의 힘

서윤덕 지음

행복한에너지

나는 여자이지만 군대에 입대했고, 군대 생활을 통해 철이 들었다. 철이 듦으로 바른 의식(意識)을 갖게 되었다.

단체 생활은 생각보다 힘들다. 특히나 군대 생활은 더욱 그렇다. 어른들은 "남자는 모름지기 군대를 갔다 와야 철이 든다."라는 말을 자주 쓴다. 그만큼 군대 생활이 힘들기 때문에 힘든 상황을 겪어봐야만 성숙해진다는 뜻을 담고 있다. 입대하게 되면 엄격한 정신훈련과 고된 육체훈련을 통해 누구나 할 것 없이 고난의 시간을 보낸다.

자기 자녀가 그런 고난의 시간 보내는 것을 안타깝게 생각하고 좀 더 편안한 길로 안내했던 부모들이 낭패 보는 경우를 우리는 여러 번 보아왔다. 국가 주요 직책을 수행할 고위직 물망에 오르는 분들을 통해서다. 인준청문회과정에서 과거가 낱낱이 파헤쳐지는데 자녀의 병역면제 부분은 매우 민감하게 작용했고 그로 인해 좌초된 사람도 여럿 있었다. 군대 생활이 쉽지 않기 때문에 그런 일이 생기지 않나 싶은 생각이 든다.

어렸을 때부터 "주위 친구들과 사이좋게 잘 놀아야 한다. 서로 도와야 한다."고 어른들한테 누누이 듣고 학교에서도 교육을 받지만 막상 어렵고 힘든 상황이 닥치면 인간은 누구나 자신만은 조금이라도 편하고 싶어 하는 본능이 발동한다.

쉽지 않은 길, 군인의 길을 걸으면서 나는 훈련(설정된 어려움의 상황) 중에도 상대방을 배려하고 상대방의 입장에서 서서 생각해보곤 했다. 나

보다 상대방에게 유익이 있고 상대방과 내가 동시에 웃을 수 있는 시간이 주어진다면, 내 힘과 내 시간을 좀 더 필요로 한다면 가능한 한 즐거운 마음으로 실행했다. 돕는 마음이었으므로 내가 약간의 손해를 본다면 그건 기꺼이 감당하자. 사람으로 태어나 보이지 않게 남을 기쁘게 하며 살아간다는 것은 가치 있는 일이 아닌가 하고 생각하면서 말이다. 가능한 도움 받는 사람이 알아채지 못하게 사소하고 아주 작은 일을 실행했다.

그렇게 3년 이상의 군대 생활은 지금의 조력자 내 모습으로 다듬어진 배경이 되었다. 군대 생활하면서 나는 결코 나 혼자 편하고 쉬운 길을 가려 하지 않았다. 어려움에 처한 동료와 함께 끝까지 있기를 자처했고 나의 작은 힘이 그 동료에게는 큰 힘이 되고 도움을 받는 동료와는 끈끈한 정이 생기면서 어렵고 힘든 시간이 훨씬 쉽게 흘러가는 것을 체험하게 되었다. 오래지 않아 내가 주는 도움이 당사자에게는 작은 기쁨일 뿐이겠지만 나 자신에게는 기쁨은 물론이요 보람까지 얻을 수 있는, 값으로 매길 수 없을 만큼 뜻깊은 일임을 알게 되었다.

군대 생활을 바탕으로 나는 아이를 키우며 조력하는 엄마가 되었다. 바르게 커 갈 수 있도록 돕는 엄마이길 선택했다. 아이를 내 소유물로 생각하거나 내 욕심대로 끌고 가려는 엄마가 되지 않으려고 노력했다. 『유태인의 자녀교육』, 『자녀교육을 깨운다』, 『지혜로운 부모가 행복한 아이를 만든다』, 『부모학교』라는 제목의 책을 가까이 두고 읽었으며, 자녀를 잘 양육시킨 선배 엄마들의 이야기나 교훈을 주는 강의에 귀를 기울이며 스스로 많이 체험하게 하는 시간을 가장 우선순위에 두고 양육했다. 또한 열정이 있고 스토리가 있으며 미래 목표가 확실히 설정된 가까이에 있는 조카를 도왔다. 작은 도움이 큰 힘이 되어 파이가 점점 커져가는 모습을 지켜볼 수 있었다. 상품(콘텐츠)을 가진 사람(기업)들은 많다. 내가 조력해야지 하고 다짐하지 않아도 나의 생각이 한 번 더 머물고 관심을 한 번 더 갖게 되면 필시 나와 인연이 있는 것이다. 내가 관심을 갖고 도움의 손길, 도움의 마음을 건네면 그들이 하는 사업이나 그가 계획하는 일들은 모두 하나같이 잘 풀린다. 승승장구한다. 나에게는 감동 에너지가 있고 타인을 잘되게 하는 긍정에너지가 있다. 감동과 긍정을 합하면 나에게는 활력에너지고 타인에게는 조력에너지다. 내가 조력한 사람(기업)들은 모두 자신의 위치에서 멋진 역할을 펼치고 있으며 더 많은 사람들에게 선한 영향력을 행사하고 있다.

아이들은 둘 다 건강하게 잘 컸다. 포항공대 3학년과 전주중앙여고 1학년이다. 미래에 자신이 꿈꾸는 일을 하며 사회에 멋진 구성원이 되고자 즐거운 마음으로 열심히 공부하고 친구들과도 행복한 교류를 하고 있다. 공부 외에 다양한 활동으로 꿈을 키워가고 있다. 큰아이 종민이는 공부량이 엄청나게 많아 힘에 겹다고 하면서도 URP(학부생 연구 프로그램) 연구 참여도 하고 포스텍 무한상상실 뮤지컬 작곡 담당 멘토로 참여, 멋진 공연을 하고 찬사를 받았으며, 음악동아리 GT-LOVE회장도

맡고 있으며, 포카전 과학퀴즈 선수단으로 참여해서 우승을 이끌었고, 프로그래밍과 문제해결 smp멘토와 정보시스템 기술 smp멘토로도 활동하고 있다며 소식을 알려온다. 보드게임동아리 BGM회원으로도 활동하고 화성악 스터디를 하고 있으면서도 QSS TF팀 근로 장학생이라고…….

작은아이 은혜는 고등학생이 되어 경영경제동아리에 가입해서 활동하고 친구 네 명을 선택 주도적으로 스터디그룹을 만들어 자발적인 학습시간을 운영하고 있으며, 엄마가 참석하는 토요일 새벽 독서토론 때 청소년 대표로 서평을 해보겠다고 자원하여 서평 발표를 하기도 했으며, 학교축제인 2015 중앙꽃다지축제에는 창작무용경연에 딸아이가 소속된 반의 연출을 맡아 활동했다. 또한 교내 독도 UCC대회에서 친구와 둘이 하나 되어 열심히 만들어서 최우수상을 수상하며 가족들과 행복을 나누는 시간들을 엮어내고 있다.

"곤충은 미래식량입니다."라고 국민들에게 의식부터 바꾸려고 노력하며 미래식량 시식회를 열면서 시작했던 239귀뚜라미 벤처기업을 이끌고 있는 이삼구 대표는 사업 기반을 확실히 다지며 지식재산권을 43개나 인증등록 시켰으며, UN FAO(세계식량농업기구) 대한민국 최초 이해당사자 1호로 선임되었다. 많은 사람들에게 식용 귀뚜라미를 시식하게 하여 그 효능을 입증시켰다. 실제 곤충 귀뚜라미는 몸에 70%가 고단백질로 되어있고 오메가3 불포화지방이 함유된 최고의 식품이자 질병까지도 완화시키는 놀라운 결과를 선보이고 있다. 우리나라에서 곤충 귀뚜라미를 식품으로 허가함에 따라 전국에 귀뚜라미 대량사육 시스템을 갖춘 239 귀뚜라미 생산 사업장이 계속 늘어나고 있다. 익산 국가식품클러스트에 본사 입주를 확정하고 활발하게 영역을 키워나가고 있다. 인공무지개발명 특허를 인정받아 2015년 대한민국 지식재산대전에 대한변리사회장상을 수상하고 코엑스에서 나흘간 부스를 부여받아 홍보할 수 있는 기회와 취재인터뷰를 할 수 있는 시간도 주어졌다. 특히 머리숱이 없거나 탈모로 인한 고민으로 삶이 질이 현저히 낮은 분들에게 큰 희망과 행복을 안겨줄 연구를 끝내고, 귀뚜라미의 귀한 성분 '발모 촉진 및 모낭 개선 조성 물질'을 뽑아내 특허 출원을 완료하였고, 전 세계 특허권 확보를 위한 국제 PCT를 진행 중에 있다.

'손짱한복&리슬'을 이끌고 있는 황이슬 대표는 남들이 다 사양사업이라고 손을 떼는 한복사업을 시작, 지금은 해외 52개국에 수출을 한다. 국내 거의 모든 매스컴이 찾아와 취재를 했으며 인터뷰를 하고 공익광고 촬영까지도 했다. 홍콩언론, 일본언론이 대한민국 수도권이 아닌 지방 전주에까지 취재를 오고 향후에도 브루나이 취재진이 오겠다고 예약이 되어 있는 아주 잘나가는 기업으로 성장했다. 지금도 여전히 어떻게 하면 대중들이 한복을 더 가까이 할까를 연구하면서 오직 한복에만 몰두하며 지낸다. 우리나라 사람들 특히 젊은이들이 한복을 친근하게 생각하고 입기를 주저하지 않으며, 또한 전 세계인들이 한복을 한 벌 이상 꼭 보유하고 입게 만드는 꿈을 실현하려 다각도로 노력하고 있다.

사람을 이롭게 사람을 즐겁게 하는 음식, 먹고 나면 우리들의 몸과 마음이 더욱 편안하게 되는 약선음식전문점 감로헌은 전주의 대표 음식점으로 자리 잡았다. 감로헌의 조현주 대표는 사단법인 한국약선음식연구원을 개원하고 약선 음식에 관하여 더 많은 연구를 하고 있다. 유네스코 창의 음식도시인 전주의 안심 먹거리 운동본부 대표강사가 되어 전국을 순회하며 강의를 하면서 제철에 나는 음식을 바르게 조리하여 올바른 섭생으로 철든 사람이 되어야 함을 설파하고 있다. 또한 약선음식전문가과정을 개설하여 사회에 바른 먹거리를 통한 건강한 생활을 확산시키기에 위해 약선음식전문가를 배출해 내고 있다. 음식문화해설사 과정을 진행하면서 유네스코 창의 음식도시 전주가 음식과 문화로 이어져 오는 아름다운 삶의 무늬를 어떻게 꽃피웠는지를 많은 사람들에게 알릴 수 있도록 교육시키고 있다. 전주를 찾는 사람들에게 음식 한 상으로 전주의 품격을 말해주고 꼭 다시 찾는 전주맛집으로 자리 잡았다. 따뜻함과 뜨거움과 시원함과 차가움을 구별하여 차린 밥상에서 매일 밥을 먹을 때마다 사계절이 갖추어진 1년의 시간을 먹는 의미를 알게 하며 밥상의 중요성과 인성교육을 접목시켜 어려서부터 인스턴트 식품이 아닌 제대로 된 음식을 섭취한 아이들이 몸도 건강하고 마음도 건강하게 되어 바른 의식이 함양될 수 있도록 더 넓은 영역까지 아우르며 교육하고 있다.

『조력자의 힘』의 내용은 여군이 되어 힘든 훈련을 이겨내고 바른 의식의 갖게 된 이야기와 엄마로서 자녀를 양육함에 있어 여느 부모님들과 구별되는 조금은 남다른 양육으로 아이들 스스로 성취하며 즐겁게 생활할 수 있도록 도왔던 이야기와 올바른 의식(意識)을 가지고 올바른 의식(衣食)생활을 위한 삶의 선구자적인 역할을 한 사람들을 도운 이야기다.

바른 의식을 가지고 생활하면서 바르고 편하게 입으며, 바르고 유익한 것을 먹으며 건강한 삶을 살 수 있도록 각자의 분야에서 열정을 다하는 사람들을 도우며 나의 작은 힘을 보탠 이야기다. 건강함으로 가정에, 사회에, 국가에, 더 나아가 인류에 선한 영향력을 펼치며 사는 멋진 삶의 주인공들에게 나의 작은 힘을 실어준 조력(도움)이야기이다. 앞으로도 계속 조력의 힘을 발산할 것이며, '시 낭송을 활용한 인성교육' TV특강연사(세바시, 아침마당)로 출연하고 싶은 바람을 담았다.

정현종 시인이 쓴 '방문객'이란 시는 사람과 사람의 만남이 얼마나 어마어마한 일인지 얼마나 중요한지를 몇 줄 문장으로 말하고 있다.

나 역시도 사람과의 만남을 중요하게 생각한다. 그러기에 내게 오는 사람의 이야기를 잘 들어준다. 이야기를 듣다 보면 그 사람의 바람(소망)이 무엇인지를 알게 된다. 그 바람(소망)을 실현할 수 있도록 작은 도움을 건넨다. 나의 작은 도움은 개울가에 작은 징검다리가 되어 그들로 하여금 깡충깡충 뛰며 건널 수 있게 하고, 큰 물 위에 견고한 다리가 되어 불안함 없이 강물의 깊이와 넓이와 물의 세기까지 살피며 건널 수 있도록 도움을 주기 위해 애쓴다.

정현종 님이 시에서 노래한 것과 같이 나와 동시대를 살아가는 그들의 일생을 보며 바람(소망)을 더듬어 보는 마음, 내 마음을 담아 그들의 바람을 흉내 내며 도왔더니, 책을 낼 수 있게 되었다. 환대가 되었다.

우리 모두는 열정의 빛이 되었다. 각자의 위치에서 빛이 되어 빛나리라.

-방문객-

사람이 온다는 건

실은 어마어마한 일이다.

그는 그의 과거와 현재와 그의 미래와 함께 오기 때문이다.

한 사람의 일생이 오기 때문이다.

부서지기 쉬운

그래서 부서지기도 했을

마음이 오는 것이다.

그 갈피를

아마 바람은 더듬어 볼 수 있을 마음.

내 마음이 그런 바람을 흉내 낸다면

필경 환대가 될 것이다.

목 차

멋진 조력자가 되려면 사랑의 관심을 가지세요

PART 3
아름다운 동행, 조력이야기

멋진 조력자가 되려면 기쁘게 나누세요

PART 5
앞으로의 나의 꿈

멋진 조력자가 되려면 밝은 표정을 지으세요.

PART 1

조력자로서 성장하게 된 배경
나의 여군 시절 이야기

군 입대

한겨울 한복판 1월 21일에 나는 군에 입대했다. 대한민국 군인……. 여자 군인……. 여군!!

입대 전 시험과 신체검사와 면접을 치른 건 당연한 절차였다. 여군을 동경하고 지원하는 사람에 비해 모집하는 인원은 적기 때문에 여군 경쟁률은 상당히 높았었다. 지금도 그렇지만 내가 여군에 입대할 즈음에도 마찬가지였다. 서류전형에 먼저 합격하고 필기시험을 치루고 합격자에 한해 신체검사와 면접이 이루어진다. 여군은 군대 내 행정업무를 주로 하기 때문에 신원조회가 말도 못하게 까다롭다. 사생활이 문란한 사람이거나 집안의 부모 형제자매의 호적을 철저히 보고, 친척 중 사돈의 팔촌까지도 사상범이 있는지를 확인하며 가까운 친족 중에 범죄자가 있어 흔히 말하는 국가 호적 서류에 빨간 줄이 있는지 면밀히 검토한 후 아무런 이상이 없어야만이 합격 통보를 받는다. 완벽하게 검증된 사람만이 여군에 최종 합격할 수 있는 셈이다.

생각해 보니 신체검사도 참 철저했었던 것으로 기억된다. 지금은 인권이 강화되어 키 몇 cm이상, 몸무게 몇 kg이상이란 공지글을 올리면

안 되지만 그때는 신체조건이 당연하게 입대조건으로 공지되었었다. 키 158cm이상 몸무게 48kg 이상의 신체조건을 갖춘 사람만이 지원 가능했다.

면접시험 시 스커트를 입고 걷는 모습도 보았다. O자형 다리를 가진 사람은 여군 신체검사에서 탈락된다는 이야기가 지원자들의 입에서 입으로 전달되곤 했었다. 나는 모든 절차를 거쳐 최종 합격되어 여군에 입대하게 되었다. 일반적인 남자들의 군 입대는 충남 논산훈련소 집결에서부터 시작되기에 입영, 입대 하면 논산훈련소의 풍경으로 기억되지만 여군의 입대는 서울이었다. 그때 당시 여군훈련소(나중엔 여군학교로 개명)가 서울 한복판 용산에 있었으니 말이다. 입영일은 오래전 일이지만 선명하게 기억에 남아 있다. 전라남북도 내 입영예정자들에게 광주 송정역에서 정해진 시간에 모이라고 해서 한 기차를 타고 이동했다. 인솔자는 여자 모병관님이었고 서류철 하나를 들고 이름을 일일이 체크했으므로 군인이라기보다 역무원 같다는 느낌을 받았었다. 용산역에 내리면 여군훈련소가 걸어서 갈 만한 거리이기에 지원한 여군후보생들이 열을 맞춰 여군부대로 이동했다.

멋진 군복을 입고 바른 자세로 당당하게 훈련받고 있는 화보 속 여군 모습을 떠올리며 나는 힘차게 걸어 여군부대로 걸어 들어갔다. 이미 가족들과는 고향에서 이별을

하고 왔으므로 위병소 앞에서 가족들이나 지인들과 손 흔들고 헤어지는 모습이 연출되진 않았다.

위병소를 지나 영내에 들어서면서부터 군대 냄새가 확 풍겨왔다. 오래된 건물 느낌, 원시적인 담장, 철조망, 키 큰 미루나무, 딱딱하게 굳은 초소 근무병의 모습……. 여군대대는 수송부대와 헌병대대와 인접해 있어 남자군인들이 여기저기 초소에서 보초를 서고 있었다.

참으로 낯선 풍경이었다. 군 생활은 가족생활에서 연령대가 비슷한 또래들끼리 하는 단체생활의 시작이라는 생각이 들었다. 물론 가정에 아버지와 엄마가 계시는 것처럼 군 생활에는 아버지, 엄마 역할을 하는 상관으로 중대장, 대대장이 있었고 소대별 소대장, 내무반에 내무반장도 있으니까 또래끼리만의 자취생활 같은 거 하고는 거리가 멀다. 또 다른 가정 형태의 모습이다. 그러나 계급사회이기 때문에 위계질서는 철저히 지켜졌다.

처음부터 자대 배치가 되는 것이 아니고 훈련소로 배치되어 훈련생이 되는 것이다. 여군하사관 후보생 그리고 훈련생들끼리 모여 교육을 받는다. 누구나 할 것 없이 모든 상황이 낯설고 어설픈 공간이었다. 훈련소 내 입소자별로 기수가 정해지는데 나는 여군하사관 후보생 78기였다. 바로 위 기수였던 77기 상급자들이 군 시설이며, 하사관 후보생으로서 해야 할 행동에 대한 전반을 잘 알려 주었다.

하룻밤을 보내고 전투복과 생활복과 신발을 지급받으면서 내가 입고 들어왔던 모든 옷이며 신발, 시계까지 소지품 전체를 포장하게 되었다. 고향에 계신 부모님께 보내기 위해서이다.

옷을 고향으로 보낼 때 함께 동봉할 편지를 쓰는 시간이 짧게 주어졌다. '부모님께 편지 쓰는 시간'이었다. 여군, 비록 자원입대라 할지라도 분위기상 모두들 낯설고 착잡한 마음들임이 읽어졌다. 군문에 들어서서 모든 사제품과의 결별 시간, 나는 소리 나지 않게 눈물을 흘렸지만, 소리 내어 우는 동료도 몇몇 있었다.

다음 날 지급받은 전투복을 입고 여군하사관 후보생 입소식이 있었다. 의식(儀式)은 아주 절도 있고 일사불란하게 진행되었다. 의.식(衣.食)을 정갈하게 하고, 의식(儀式)을 통해 의식(意識)을 바로 세우는 훈련의 시작은 입소식에서부터다. 그렇게 여군생활이 시작되었다. 여군으로 정식 임용되기 전 후보생 훈련은 호락호락하지만은 않았다.

남자군인들처럼 지옥 훈련이라는 표현을 쓸 순 없지만 일반적인 여자들은 결코 체험해볼 수 없는 강도 높은 육체 훈련 및 정신 훈련이 계속되었다. 잠시도 딴 생각할 틈을 주지 않았다. 계속 계속 몸을 움직일 수 있도록 모든 훈련과정이 착착 연결되어 있었다. 생각해 보면 당연한 것이다. 한가하게 있다 보면 분명 딴생각을 하게 될 것이고 그렇게 되면 불평불만이 나와 크고 작은 안전사고로 이어졌을 것이다. 그러나 잠시 잠깐의 여유도 없이 계속되는 훈련과 움직임의 연속이기에 약간의 여유는 오직 수면 시간뿐이었다. 그러니까 잠이 얼마나 달콤한지 모른다. 눈 감으면 자고 눈뜨면 훈련하며 군 생활을 익혔다. 그때는 암기할 것들이 왜 그렇게도 많았는지 모른다. 직속상관 관등성명부터 군대생활의 기본 수칙, 안전사고 예방 수칙 등등 아주 외울 문장들도 참으로 많았었다. 낯설었던 군 시설과 훈련소 생활의 적응, 말로만 들었던 PT체조 및 새로운 훈련들. 또한 많은 암기 문장들……. 이 모든 것들을 하나하나 익혀 갔다. 몸으로 정신으로! 그러면서 점점 군인이 되어가고 있었다.

잊지 못할 행사

아마도 그날은 음력으로 보름이었었나 보다. 하늘에 둥근 달이 휘영청 올랐었으니까……. 모든 훈련을 마치고 각자 침상에서 혹은 내무반 휴게소 소파에서 쉬려고 할 때 긴급 호출이 있었다. 훈련생들의 선착순 집합이었다. 실내복 차림으로, 실내화 차림으로 정신없이 연병장으로 뛰어나갔다. 모두 연병장에 섰다. 교관님의 호루라기 소리와 함께 "우로 취침! 우로 10바퀴 굴러! 좌로 5바퀴! 바로~! 좌로 취침! 좌로 굴러! 바로~!" 몇 분 동안을 그렇게 훈련했는지 모른다. 땀범벅이 되었다.

"모두 하늘을 보고 누워!" 우리 훈련생들은 누워서 교관님의 명령이 떨어지기만을 기다리고 있었다. 그런데 훈련명령이 아닌 뜻밖의 명령이 들려왔다. "다 같이 '고향의 봄' 시~작!!" 어리둥절했다. 노래하라는 건가? 예상치 못했던 명령에 아무도 노래를 시작하지 못했다. 그러자 교관님이 직접 선창을 하셨다. 나의 살던 고향은 꽃피는 사아안고오올 ~ 하나. 둘. 셋. 넷~!

"나의 살~던 고향은~ 꽃피는 산 골~ 복숭아 꽃 살구 꽃 아기 진달래 ~~~"

휘영청 밝은 달을 보며 누워 땀범벅이 된 채로 고향의 봄을 부르는데 얼마나 울컥해지던지……. 평상시에 불러도 코끝이 찡해지는데 그 상황에서는 더 말할 나위가 없었다. 다들 울음 섞인 목소리로 어찌어찌 '고향의 봄' 노래를 마쳤다. 곧이어 교관님의 목소리가 다시 들려왔다.

"다 같이 고향에 계신 부모님을 생각하면서 '어머님 은혜' 노래를 부른다. 시작~ 하나. 둘. 셋. 넷~!"

"나실 제 괴로움 다 잊으시고~오 기르실 제 밤낮으로 애쓰는 마으음 음~~으으응 어어엉어엉~"

땀은 식었고, 눈물 콧물 범벅이 된 채 우린 '어머님 은혜' 노래를 불렀다. 고된 훈련으로 마음이 약해지고 훈련이 힘들고 어렵게만 느껴질 때 부모님을 생각하며 마음을 다잡으라는 의미였을 것이다. 그리고 삭막하게만 느껴지는 훈련생 시절을 조금이라도 위로해주며 정서적인 안정을 주려는 설정이었을 것이다. 고향이 그리웠고 부모님이 그리웠다. 내가 군에 오기 전까지 나의 의식(衣食. 意識)을 챙겨주시고 바르게 세워 주셨던 부모님……. 그리워하는 만큼 고향과 부모님이 소중하게 느껴졌고, 곁에 누워 함께 노래 부르는 동기생들이 정말 소중하게 느껴졌다. 고된 훈련과 함께 달빛 아래 누워 고향 산천의 모습과 부모님을 떠올려보는 행사를 함께 치른 우리 동기생들끼리는 학교 동창생과는 또 다른 전우애라는 것이 싹 트고 있었다. 동기애 뜨거운 사랑의 마음이 말이다.

고향, 가족, 이웃, 동기생 그리고 국가가 소중하다는 생각들이 한꺼번에 밀려오는 시간은 그런 모든 훈련을 잘 마치고 난 후다. 죽을 만큼 어렵고 힘든 일을 함께 겪고 이겨내고 하는 과정 속에서 끈끈하게 맺어지는 것이 과연 '전우애'구나 하는 생각이 들었다. 꼭 군인이 전쟁의 전투 속에서만 전우애가 생기는 것이 아님을 깨달았다.

　누구나 어디에 있든지 자신이 생각했던 것보다 훨씬 육체적으로 어렵고 힘든 일을 잘 이겨내고 나면 성숙해진다고 하지 않던가? 어렵고 힘든 훈련을 하루하루 이겨내고 우리 동기생들은 하나하나 각자 처음 입대했을 때의 모습 그 이상으로 성숙해져 있었으며 제법 군인다운 면모가 갖추어져 갔다.

여군대대 뒤뜰에서 출근 전에

눈(雪) 사역

군에 다녀온 사람들과 이야기를 해보면 여름 훈련은 모기와의 싸움이 힘들다고 한다. 하지만 겨울 훈련은 추위와의 싸움이 힘들다.

그해 서울은 몹시 추웠다. 눈도 아주 많이 왔다. 17년 만에 최고 적설량을 보였다는 기상대 뉴스가 있던 날, 여군대대에 육군에서 최고 높은 계급의 참모총장님이 방문하신다는 전갈이 왔다. 비상이 걸렸다. 눈이 내린 후 기온이 급강하하니 눈들은 꽁꽁 얼어 있었다. 모두 연병장에 나와 눈을 치웠다. 연병장 가득 하얗게 쌓인 눈, 저리 많이 쌓인 눈을 어떻게 다 치우나 걱정스럽고 심란스러웠어도 차근차근 분대별로 나누어 한쪽에서부터 체계적으로 치우다 보면 처음 염려스러웠던 것은 금세 사라져 버리고 눈 치우는 일에 열중하게 된다. 그 열중하는 행동 때문에 추운 줄도 모른다. 서로서로 도와서 열심히 눈을 치우다 보니 어느 사이엔가 그 많던 눈이 다 치워지고 도열 행사를 해도 좋을 만큼 깨끗한 연병장이 되었다. 분대마다 약간의 편차가 있어 일찍 치워 끝낸 분대도 있었고, 어느 분대는 더디게 끝내기도 했다. 그렇다고 먼저 끝낸 분대원들이 들어가 쉬거나 눈 치우는 일을 그 상태로 끝내지 않았다. 본인들의 분량을 다 마쳤을지라도 옆 동료 전우들의 일하고 있으면 자기의 일처럼 도와준다. 그래서 다 치우고 다 같이 휴식을 취한다. 서로 돕는다는 것은 따뜻한 마음을 행동으로 실행하는 것이다. 내가 지금의 조력자로 설 수 있었던 것은 정식 여군으로 임용하기 전, 후보생 시절에 눈을 함께 치우면서부터였다. 춥고 힘들었던 겨울날 눈 치웠던, 그 일은 겨울에 눈이 올 때마다 떠오르게 되는 장면이 되었다.

쌓인 눈을 치우는 일을 군에서는 '눈 사역'이라고 한다. 눈이 내리기 시작하면 하늘을 보고 제발 제발 하면서 눈이 조금만 내리기를 간절히 기도하곤 했다.

전방에서 군대생활 했던 남자들은 눈 사역했던 이야기를 무협지 이야기처럼 쏟아내기도 한다. 자신이 전방에서 군대생활할 때 겨울에 했던 잊지 못할 일은 '김장과 눈 사역', 이렇게 두 가지였다고 말한다. 참으로 눈 사역하기 지긋지긋했노라고……. 눈이 하늘에서 펑펑 내리고 있는데도 눈을 쓸어야만 하는 군인……. 눈 쓸고 나서 뒤돌아서면 쌓여있고 또 쌓여있고…….

눈 사역의 기억들은 다 똑같다. 밤새 내려 가득 쌓여버린 상태에서 눈이 그친 경우라면 더는 쌓이지 않았지만……. 그렇게 전방에서 군대생활 했던 남자들과 군대생활의 공통관심사를 이야기할 때 겨울날 우리들의 눈 사역 이야기를 하면 "오호~ 여군들도 그랬었나요?" 하며 웃곤 했다. 물론 지금도 마찬가지이지만…….

그런 기억들이 지금은 추억이 되었다.

내무반에서 소대원들과

전 육군본부에서

의식 있는 여성, 군인다운 군인

누구나 엄격한 규율이 있는 단체 생활을 한다는 것은 불편하고 어렵고 힘들다. 그러나 불편하고 어렵고 힘든 시기를 현명하게 지내놓고 보면 반드시 좋은 결과물이 나온다는 것을 우리는 너무나 잘 알고 있다. 현명하게, 어떻게 현명하게 지내는 게 좋을까?

이는 현실 상황에 따라 다르다. 무조건 성실하게 열심히 저돌적인 실행으로 가능한 현실 상황이 있기도 하며, 참고 견디면서 하루하루를 보내는 경우도 있으며, 새로운 것을 배우고 익히면서 미래를 준비해야만 하는 현실 상황이 있다.

내가 선택해서 입대한 군대는 여자라고 해서 조금 쉽게 간다거나 훈련을 살살 한다거나 하지 않았다. 남자여서 남군, 여자여서 여군이 아닌 그저 군인으로 만들어져 가는 훈련소의 훈련생 시절은 더욱 그러했다.

단체생활을 하다 보면 이것저것 에피소드가 참 많다.

여군 한 동기는 30명 정도 된다.

각각 출신 지역도 다르고 학교도 다르고 경험했던 모든 것도 다 다른 꿈 많은 소녀들이 모여 여군하사관으로 임용받기 위해 후보생 교육을 받는다고 생각해보자.

당차고 씩씩하기도 하지만 작고 여리고 애틋하기도 하다. 정해진 규율대로 움직인다 하지만 사람이 살아가는 곳이기에 희·노·애·락이 끊임없이 생겨난다.

그래서 잡념이 들지 않도록 쉼 없는 일정이 이어져 있다.

여군 창설 제36주년 체육대회행사

기억에 남는 것은 식사 시간이다. 한 식탁에 앉은 동기생 6명 중 맨 나중에 온 사람이 앉기 전에 서서 "식사에 대한 감사의 인사!" 하고 크게 구령을 외치면 다 같이 "감사히 먹겠습니다." 하고 큰 소리로 외친 후 식사를 시작하고 다 마친 후에도 같은 방식으로 "식사 끝!", "감사히 먹었습니다." 하고 큰 소리로 외친 후 식판을 들고 일어서 잔반 정리를 했다.

한순간도 딴생각할 겨를 없이 일정이 계속되던 나날들이었다. 구역별 청소부터 해서 외울 문장들은 또 얼마나 많았던지 하루하루가 쉼 없이 돌아갔다.

그 상황 속에서 만나는 여유의 시간이 있었는데 그 시간은 바로 특별 활동 시간이었다. 다양한 반들이 있었지만 다도반에서 차와 예법을 배우는 시간은 참으로 평안한 시간이었다.

다도 전문가를 모셔 와서 다도 기법을 정석으로 가르쳐 주시는데, 다도(茶道)법을 배우는 시간은 정말 좋았다. 가지런하게 앉은 자세며 방석을 놓는 위치, 찻잔을 놓는 위치며 물을 따르는 법과 찻잔을 드는 자세며 마시고 음미하는 태도까지 세세한 동작을 배웠다. 정신 의식을 차분하게, 심리 의식을 다소곳하게 다듬는 시간이라 할까. 그런 시간이었다.

가장 역동적이고 적극적이어야 하는 군인, 그러나 강할수록, 역동적일수록, 적극적일수록 내면을 차분하고 정하게 가다듬는 일이 얼마나 중요한지를 그때 알았다.

가장 진취적이고 가장 추진력 있게 밀고 나가는 사람이야말로 반드시 정한 시간을 가져야 한다는 것을~

물론 명상을 통해서 정한 시간을 가질 수도 있지만 차를 접하면서 차향과 함께 자연을 내 속에, 내 안에 담으면서 정한 시간을 갖는다는 것은 매우 유익한 일임을 그때 알게 되었다.

그리고 또 하나는 꽃꽂이 시간이다. 꽃꽂이를 지도하시는 사범님이 꽃과 나무 가지를 종류별로 한 다발씩 가지고 오셔서 꽃꽂이 교육을 받는 우리 훈련생들에 꽃꽂이 기법을 지도해주셨다. 아름다운 꽃을 수반에 멋있게 혹은 근사하게 배열하고 꽂으면서 아름답게 연출하면 흡사 예술 작품을 만드는 것처럼 아주 즐겁고 유익했다.

　군인 하면 총과 제식훈련이 떠오를 것이다. 땀범벅이 된 모습이나 위장술과 행군을 떠올릴 것이다. 그러나 나는 다른 모습도 떠올린다. 특별활동시간을 통해 익힌 다도법과 꽃꽂이 기법은 지금도 생활하는 데 도움이 된다.

　같은 나이 또래 친구들은 마~악 대학교 신입생이 되어 혹은 직장의 신입사원이 되어 새로운 생활을 배우고 익히고 있을 때 나는 군에서 정(靜)과 동(動)을 익히며 여성다운 여성, 의식(意識) 있는 여성, 군인다운 군인으로 만들어져 가고 있었다.

강원도 양구 훈련 가서

아버지의 편지

한 사람의 어렵고 힘든 상황에는 반드시 힘이 되어주는 사람이 있어야 한다고 나는 생각한다. 자유스럽게만 생활하다가 단체생활을 한다는 것은 그 자체가 어렵고 힘들다. 사회와 분리된 채 군대라는 테두리 안에서 단체생활을 하고 전쟁과 재난을 대비해 나라를 지키는 훈련을 계속해서 하는 군대, 몸을 가만히 두지 않고 지속적으로 움직여야 하니 힘이 들 수밖에 없었던 여군하사관 후보생 시절에 나에게 힘이 되어주는 사람이 있었다.

바로 아버지다.

내 아버지는 일주일에 거의 한 통씩의 편지를 보내주셨다. 전북 남원 시골에서 농사를 지으시며 일생을 사신 나의 아버지는 막내딸인 나를 퍽 예뻐하셨다. 그런 막내딸을 위해 끝없이 보내 주셨던 편지 내용들은 약간씩 계절에 따라 인사말은 달랐어도 "네가 선택하여 문 열고 들어간 군대이니까 어떤 상황이 오더라도 포기하지 말고 이겨내렴. 사람은 환경을 지배하는 동물이란다. 어려운 역경도 이겨낼 힘이 사람이라면 누구한테나 있단다. 군 관계자도 훈련생들에게 이겨낼 만한 훈련과 교육을 시키지 절대 이겨내지 못할 훈련이나 교육은 시키지 않는단다. 힘내렴. 나의 소중한 막내딸 윤덕아! 혹여 서울 도심 외출 나갈 때면 차 조심하고, 남자 조심하려무나!" 이런 내용이 주를 이루었다. 특히 추신으로 별 마크를 하고 '외출 나갈 때면 차 조심하고 남자 조심하려무나.'를 단 한 번도 안 쓰신 적이 없었다. 그때 나에게 아버지는 정말 큰 힘이 되어주신 분이셨다. 걱정도 되셨고 애틋하셨겠지. 철부지 어린 막내딸이 군대를 갔으니 말이다.

그렇게 아버지의 편지를 받으면 기분이 좋았고, 힘이 났으며, 때로는 부대 동료들에게 부러움을 사기도 했다. 아버지만큼 매번은 아니었지만 틈틈이 답장도 드리면서 여군 생활 40개월을 잘 마칠 수 있었다. 어렵고 힘들 때 힘이 되어주신 아버지. 편지글로 힘을 실어서 보내주신 아버지. 내 아버지의 글씨체는 참 정겨웠고 멋진 글씨체였다. 지금도 눈에 선하다. 아쉽게도 2007년에 친정집에 화재가 나서 아버지의 기록물이 거의 소실되었다. 그래서 더 아버지의 글씨체가 선명하게 나의 가슴속에 새겨져 있는지도 모르겠다.

나처럼 아버지와 편지를 많이 주고받았던 여군이 또 있었을까?
지금 생각해도 오래전 군 생활을 할 때 보내주셨던 아버지의 편지는 딸을 사랑했던 아버지의 마음을 다 읽을 수 있었거니와 올바른 의식을 가진 사람이 되어 제대하기를 바라는 마음이 가득했었음이 느껴진다.

누군가에게 힘이 되어주는 손편지를 진정성 있게 써서 보낸다면 그 사람은 나를 오래 기억할 것이다. 글은 말보다 더 많이 신경 쓰고 다듬어서 표현하기에 말보다 더 큰 영향력이 있고 오래 기억하며, 말은 뇌리에서 떠올리지만 글은 가슴에 품고 다니고 가슴에서 꺼내어 보고 새기기 때문에 그 힘이 훨씬 강하고 크게 작용하기 때문이다.

함께하는 마음, 조력자

나는 어딜 가나 있는 듯, 없는 듯한 그런 사람이었다.

공부를 잘하는 것도, 못하는 것도 아니었고 키가 크지도 작지도 않았으며 외모가 뚱뚱하지도 마르지도 않았다. 특출하게 예쁘지도 않을 뿐 아니라 '평균 이하'라는 말을 들을 만큼 밉지도 않다. 뭐든 월등하게 잘한 것이 없지만 그렇다고 너무 못해서 핀잔을 듣거나 눈 밖에 나는 경우도 있진 않았다.

평범 그 자체다.

우리 사회는 평범한 사람이 많이 있기에 사회구성원들이 성립되고 유지되어 나가고 있다.

다들 잘나고 특별한 사람만 있으면 어찌 되겠나?

평범한 사람 축에 속한 나는 잘하는 것이 하나 있다면 남을 돕는 일이다.

누가 보건 안 보건, 누가 시키건 시키지 않건 간에 내 곁에 있는 사람에게 도움 될 일은 기꺼이 기분 좋게 행하는 사람이다.

설사 그것이 내 생활에 조금의 불편을 가져오고 내게 금전적인 손해가 될지라도 나는 손을 내밀어 도와준다. 마음을 열고 이야기를 들어주기도 하고, 길 가는데 동행을 해주고, 무거운 짐이 있다면 들어주기를 주저하지 않는다.

여군 하사관 후보생 시절 훈련소 생활을 시작할 때 훈련 중 가장 힘든 것이 선착순이었다.

한 동기생 전원이 모여 어딘가를 지정하고 돌아와 선착순 2명 아님 3명으로 끊는다. 그리고 나머지 인원은 그곳을 다시 돌아와야 하는 훈련인데 선착순 안에 못 들면 끝까지 다시 돌고 다시 돌아 끝까지 뛰어야 하는 상황이었다. 내가 그다지 달리기를 잘하는 것은 아니었지만 선착순 안에 들어올 수 있는 상황에도 난 선착순 안에 들 수 있게 내달린 적이 없다. 뒤처지며 힘들어했던 동기생과 함께하고 싶은 마음이 앞섰기 때문이다. 그리고 그 곁 가까이서 함께 뛰면서 "힘내자 우리!! 쓰러지지 말고, 포기하지 말고 끝까지 뛰자!!"라고 다독였다. 선착순이 순서대로 통과되고 나면 다시 함께 계속해서 뛰고 또 뛰었다. 자원하는 여군이기에 한두어 살씩 나이 차이가 있었다. 그러나 선착순 할 때 곁에서 함께 뛰어 줬던 동기생 선희는 나이도 나와 같았다. 몸이 약했던 선희는 힘들어도 포기하지 않고 끝까지 뛰곤 했는데 그때마다 "윤덕아, 네가 힘이 되어 주었어. 고마워."라고 말하곤 했었다. 30여 년 가까이의 시간이 흐른 지금에도 우리는 스스럼없이 연락을 하며 지낸다. 결혼을 해서 서로의 남편을 인사시키고 집을 방문하고 시부모님께 인사도 하고 자녀들을 알며 소통하며 지내는 사이이다. 선희의 남편은 경기도 이천에서 '한석봉 도예연구소'를 운영하는 유명한 도예작가이다. 우리나라 100대 명인 중 한 분으로 뽑히신 분이다. 어려움을 견디는 시간, 마음으로 돕고 말로 용기를 북돋우며 돕는다는 것은 긴 인연을 만들어내는 것이다.

나는 그 훈련생 시절을 지나오면서 체력이 강해지고 더욱 바른 의식을 갖게 되었다고 생각한다,
튼튼하고 건강한 몸!!
바른 의식 태도!!

이따금 새롭게 인연을 맺은 사람들과 친해지고 얼마간의 시간이 흐른 후 내가 아가씨 때 여군에 다녀왔었다는 것을 어찌어찌 이야기하다가 알게 되면 거의 대부분의 사람들의 첫마디가 그렇다. "아~하! 어쩐지 뭔지 모르지만 남달랐어요. 자세가 굉장히 바르다는 생각을 했어요."라고 말한다. 이 이야기를 들을 때 나는 흐뭇하다.

그런 어려운 훈련을 이겨냈기에 동기생들과 함께 여군하사관 임용을 할 수 있었다. 특별히 체력이 약하고 끈기가 부족했던 스무살, 서로 유약했던 동기생들에게 포기하지 않고 달릴 수 있도록 곁에서 힘을 주려면 나 스스로 먼저 강한 마음 강한 의식을 가지고 컨트롤해야만 했다. 훈련기간을 통해 나는 조력자로의 기본 바탕을 몸에 익혔다. 몸과 마음으로 서로를 격려하고 응원하며 함께했던 시간들이었다. 그러므로 해서 더욱 끈끈한 정이 생길 수밖에 없다. 바로 전우애다. 엄마가 해준 따뜻한 밥을 먹고 편히 학교에 왔다 갔다 하면서 쌓인 우정과는 비교할 수 없는 우정이기에 전우애라고 한다.

이후 자대인 여군대대에 배치받아 근무하면서도 난 항상 말없이 조용히 다른 분대원들을 도우며 우리 소대에서 생겨난 일들을 미루지 않고 내가 먼저 하는 게 일상이 되었다.

육군 내 중앙성당 입구에서

독서실을 드나들며

나는 특별하다 생각하지 않지만 남들은 특별하게 생각하는 나의 군대 생활 중 또 다른 기억의 문 하나를 열어본다.

여군대대엔 두 동의 건물이 있었다. 생활동과 편리시설동으로 분리되어 있었다.

생활동은 그냥 일상생활을 하며 잠자는 공간이었다. 편리시설동은 식당, PX, 미용실, 다리미실, 독서실이 구비되어 있었다. 같은 소대는 아니지만 마음이 잘 통하는 추윤숙 선배와 나는 독서실 단짝이었다. 저녁 점호를 마치면 침대로 가는 것이 아니라 독서실로 갔었다. 기억건대 책을 읽으려고 독서실에 갔던 것만은 아니었던 것 같다. 독서실 이용인력이 거의 없었던 그때 독서실에서는 누구에게도 관여받지 않는 자유로움이 있었기에 즐겨 찾았다. 우리는 독서실에 가서 둘이 나란히 앉아 끝없이 소곤소곤 이야기하고 각자의 사연들(일기, 편지, 산문, 시 등)을 각자의 기록장에 기록했다. 그리고 서로의 글을 읽고 공유하며 오랜 시간을 보내고 깊은 밤이 되어서야 생활동으로 건너오곤 했었다.

야간 초소에서

윤숙 선배와 나의 시간은 참으로 유익했다. 우리가 날마다 겪은 이야기들을 글로써 정리해 보는 시간이었으므로. 잠자기 전 글 쓰는 시간을 갖는다는 것은 하루를 조용히 반성하고 내일을 계획하는 의식(意識)을 바르게 하고 정갈하게 다지는 시간이라 할 수 있다. 아마도 글을 쓰는 습관이 그때 정착되지 않았나 싶다.

여군대대 건물 외곽으로는 키 큰 미루나무들이 빙 둘러 서 있었다. 나무들의 가을 풍경이 눈에 선하다. 겨울 채비하느라 수많은 나뭇잎을 모두 바닥에 내려놓고 있었다. 많은 낙엽들이 여군대대 연병장 가장자리에 잔뜩 쌓여 있다가 스산한 가을바람이 불어오니 가로등 불빛 아래에서 나를 향해 바스락 소리를 내며 달려왔다. 편리시설동이 생활동보다 약간 낮은 곳에 위치해 있었으므로, 나의 시선의 위치와 비슷했던 생활동 연병장에 낙엽들의 움직임은 그대로 내 눈에 투영되었다. 낙엽 병정들…… 나는 낙엽 병정들이 나를 향해 달려오며 응원해 주는 것처럼 느껴졌었다. 부는 바람 따라 나에게 뒹굴어 왔을 낙엽들이 그때 당시 나의 눈에는 어떻게 응원군으로 보였을까?

내가 걷는 길, 발 옆에서 바스락바스락 소리를 내었던 낙엽들……. 그 응원 소리가 매년 가을이면 들려온다. 참 좋다. 가을이 좋다.

내무반에서 소대원들과 함께

카네기 인생론

여군 시절 특별한 이야기가 하나 있었으니 지금까지도 내 삶에 큰 도움이 된 책에 관련된 이야기이다.

1986년 나는 육군본부 작전참모부장군 비서실에서 근무하고 있었다.

내가 모시던 장군님께서는 참모부 내에 근무하다가 승진하여 사무실을 떠나는 전출 장교님들에게 꼭 카네기 전집을 선물해주셨다.

『카네기 인생론』, 『카네기 지도론』, 『카네기 대화술』, 『카네기 처세론』, 『카네기 자서전』.

책 표지는 까만색이었고 고전처럼 아주 두꺼웠다.

두꺼운 책을 보면 지레 겁먹고 읽으려고 생각지도 않는 것은 나만 그럴까?

나는 두꺼운 책을 포장하면서 '선물받은 분들은 이렇게 두꺼운 책을 다 읽을까?' 하는 생각을 하곤 했었다.

그 후 나도 장군님으로부터 가을날 나의 생일선물로 『카네기 인생론』이란 책을 선물받게 되었다.

두툼하고 까만색의 표지가 아닌 단행본 한 권짜리 책이었다.

책을 잡고 드르르륵 넘겼다.

"내가 50년 인생에서 얻은 단 한 가지의 교훈이 있다면 그것은 '자기 자신을 행복하게 하는 사람은 바로 자신이다'라는 교훈이다."라고 쓴 글 귀가 눈에 확 들어왔다.

"참된 마음의 평안을 얻으려면 올바른 가치 판단이 우선되지 않으면 안 된다. 우리에겐 자기가 아직 모르고 있는 능력이 숨어 있다. 꿈과 같은 일을 성취하는 힘이 있다. 누구나 이때다 하면 분발하여 전에는 불가능이라고 생각하던 일을 훌륭하게 성취할 수가 있다." 등의 글과 평화와 행복을 얻는 방법에 대한 주옥같은 글들이 나를 사로잡았다.

전쟁이 일어나면 나라를 위해 이 한 몸 기꺼이 바쳐야 한다는 사명감에 불타는 조직이여서인지 감수성 풍부한 나에게 군대라는 울타리가 딱딱했으며 평화스러운 생각이 들지 않았었다.

책을 선물받고 한 장 두 장 넘겨보니 평화와 행복을 얻는 방법이 쓰여 있었고, 성공을 위한 마음 자세, 부(富)를 얻으려면, 건강을 유지시키는 방법, 나는 어떻게 고민을 극복하였는가, 카네기 명언집순으로 아주 짜임새 있게 좋은 글들이 담겨 있었다. 책을 읽으면서 나를 들여다보게 되었다. 생활동과 편리시설동을 넘나들면서 얼마간의 책을 읽었고 글을 썼을 테지만 지금까지도 기억나는 건 바로 『카네기 인생론』이란 책이다.

여자라면 누구나 제복에 대한 동경이 있다. 특히 청소년기에는 많은 학생들이 여군을, 혹은 여경을 혹은 스튜어디스를 꿈꾼다.

제복을 입은 사람들의 모습은 멋지다.

그러나 그 제복의 멋있음을 지속적으로 유지하기 위해서는 많은 것을 인내하며, 절제해야 한다. 그곳은 그렇게 머무는 공간이며 필요한 정신 자세며 생활태도가 부모님 계시는 따뜻한 가정생활과는 다르다.

다양한 성격을 가진 사람들이 모여 단체 생활을 하고 또 상·하급자 간의 계급 구분이 뚜렷한 군대생활은 환상 속 멋있다는 것 하나 갖고 버티기는 어렵다.

분명한 국가관과 자신의 가치관이 있어야 한다.

군 기본생활 습득 과정 속에서 국가관은 저절로 생긴다.

책을 반복해서 읽고 윤숙 선배와 교환해서 읽었다. 있는 듯 없는 듯 얌전했던 우리는 서로 즐겁고 밝게 그리고 주위 상하급자들을 적극 도우며 생활하자고 다짐하며 실천했다.

책을 읽고 생활 속에 적용하면서 명랑하게 생활하려고 많이 웃었고, 스마일표 입술을 연상하며 지냈던 시기가 그즈음이다. 그렇게 몇 달이 지나고 사람들로부터 "표정이 밝아졌네요. 웃는 모습이 환하고 예뻐요." 라는 이야기를 자주 듣게 되었다.

"사랑과 행복은 당신 마음속에 있다."라는 소제목을 달고 있는 이 책은 스스로가 최상의 것을 찾아내는 데 따라, 노동의 하루 일과에서 일의 만족도를 최대의 것으로 향하도록 안내하는 내용이었다. 그때 책을 읽으면서 밑줄을 긋고 생활에 적용하는 내용이 7항인데 지금까지도 매년 수첩에 옮겨 적고 있다.

1. 번민을 셈하지 말고 축복을 셈하라.
2. 우울함을 즐거움으로 바꾸도록 노력하라.
3. 본다는 것은 매우 유익한 일이다.
4. 할 수가 있다고 믿으면 그것은 가능하다.
5. 생각하고 그것을 적는 습관을 길러라.
6. 언어 전달에 유의하라.
7. 나의 행복은 나만이 만들 수 있다.

저녁 시간 자유를 찾아 독서실에 머물면서 책 읽던 때는 군 생활 중에서도 좋은 시간으로 생각된다. 언제 생각해도 빙그레 미소가 지어진다.

계급생활의 불편함에 힘들어 하고 있을 때, 한 권 책이 마음을 변화시킬 수 있었으며 남은 군 생활을 즐겁게 만들었다. 지금까지 긍정적이고 유쾌한 성격을 갖고 행복한 마음으로 조력할 수 있는 힘은 군대 생활 중에 익혔다고 생각된다.

축복을 셈하라. '나의 행복'은 '나'만이 만들 수 있다.

나는 나의 일상의 이야기를 보며 축복을 셈한다. 행복을 만들어가기 위해서이다. 내 곁에 있는 사람의 축복도 셈해 본다. 나를 통해 이 사람의 행복은 어떤 것으로 연결 지어질 수 있을까? 이 사람의 필요는 무엇일까? 좋은 말로, 좋은 글로, 좋은 표정으로 셈하고 그들의 필요를 채워주며 돕기 위해 애쓴다.

지금은 전쟁 기념관으로 바뀐 전 육군본부에서

지금 만나는 사람과 이루어져가는 꿈

"긍정을 말하자. 사람은 자기 말에 세뇌되는 동물이다."

"좋은 사람을 만나자. 지금 앞에 있는 사람의 모습이 내 모습이다."

"꿈은 생물이다. 그래서 움직이고 그래서 성장한다."

"꿈은 찾는 게 아니라 키워가는 것이다. 내게 있는 나만의 재료로 꿈을 만들어 키워 가자."

"남의 것을 빌리려 하지 말자. 다만 좋은 사람들을 많이 만나서 좋은 이야기 를 많이 듣고 보고 세심하게 들여다보고 만져보자."

"선택하여 집중 몰입하는 사람의 꿈에는 온기가 있음을 알게 된다."

"지금 들은 것이, 지금 본 것이, 나의 꿈의 방향을 설정해 준다."

"꿈은 직업을 관통한다."

나는 군 생활을 마치고 어떤 직업으로 연결시킬까 생각했었다. 그때 당 시는 취업도 아주 잘 되었고 몇 개 중 내가 선택할 수 있었던 시절이었다.

중사 진급을 신청할 수 있었고(심사평가와 시험 후 중사 진급), 군무원으로 바로 연결하는 취업을 선택할 수도 있었다. 나는 내가 모시고 있는 장군님의 친구 회사에 취직하는 것으로 결정하고 훈련생 4개월 의무복무기간 36개월 총 40개월을 잘 마치고 만기 전역을 했다.

나는 회사생활을 하면서 근무시간 이후에 배우는 것을 즐거워했다. 내 주위에는 항상 책을 읽으며 신문 구석구석 광고까지도 꼼꼼히 읽는 사람들이 있었다. 지금도 있다. 독서를 즐겨하는 사람은 늘 사색과 반성의 세계를 넘나드는 사람들이다. 사색하며 반성하며 다양하게 배우며 발전하는 사람들과 소통했다. 사회봉사를 하는 사람들이 있었다. 적극적이고 긍정적인 사람들이 있었다. 나는 주위에 좋은 사람들과 만나면서 교류하고 그 사람들의 좋은 영향을 받으며 만나는 사람들과 함께 조금씩 성장했다.

더 멋지게 성장하기를 바라는 사람, 자신의 삶이 정체기에 접어든 것 같은 느낌이 드는 사람은 지금 만나는 사람을 바꿔야 한다. 만나는 사람을 바꾸지 않으면 자신의 삶을 변화시키기가 쉽지 않다.

그래서 나는 내 아이들과 조카들에게 의식적으로 좋은 사람들의 모임을 찾아가라고 말한다. "좋은 사람들의 모임은 배움이 있는 곳"이니 그곳을 찾아가서 함께하라고 권한다.

지역마다에는 평생학습관이 있고 문화센터도 있다. 각 대학마다 있는 부설 평생교육원과 지역 도서관 커뮤니티를 찾아가면 그간 내가 알지 못

했던 새로운 사람들을 만나게 된다.

그곳에서 만난 사람들은 대부분 열정에너지 가득하고 의식이 바르다. 자기계발에 적극적이면서도 타인의 삶에도 좋은 영향을 준다.

"좀 더 나은 모습으로 성장하고 싶은 사람들이여, 배움이 있는 곳에 가라. 그곳에서 배우고 있는 사람들은 당신을 반갑게 맞이해 줄 것이다." 나는 이 지면을 빌어서도 많은 사람들에게 그렇게 말하고 싶다.

용기 내어 찾아가 내 마음의 문을 조금만 열어도 그들과 쉽게 친해질 수 있을 것이다. 당신의 삶에 발전을 가져올 수 있는 좋은 기회를 잡을 수 있게 될 것이다.

서로 발전하는 좋은 모임은 사람을 제한하지 않는다. 함께 도우며 시너지를 낸다.

그들의 좋은 에너지가 자신에게로 들어와 목표도 새롭게 정립되며 기존의 목표는 더 구체적으로 다듬어져 성취의 문 앞으로 한발 더 다가갈 것이다.

어느 사이엔가 당신도 열정에너지를 발산하며 그들에게 선한 조력자의 힘을 펼칠 것이다.

멋진 조력자가 되려면 감동언어를 많이 사용하세요

PART 2

엄마로서 조력이야기

조력자와 멘토

조력자. 나는 조력자라는 단어를 좋아한다.

사전을 찾아보면 '도와주는 사람의 비슷한 말'이라고 나온다.

사전에서와 같이 도와주는 사람이 바로 조력자이다.

우리가 알고 있는 괜찮은 사람들 중에서 조력자의 역할로 훗날 조명되는 이야기 주인공을 떠올려본다.

헬렌 켈러–설리번

율곡 이이–신사임당

링컨–어머니 낸시

맹자–맹자의 어머니

한석봉–떡장수 하던 어머니

성 어거스틴–어머니 모니카

태조 이성계–무학대사

윤봉길, 이봉창–백범 김구 선생

허준–유의태

이순신–류성룡

빈센트 반 고흐–테오 반 고흐

서양에서는 멘티를 도움 받는 사람으로 멘토는 도움 주는 사람으로 표기한다.

멘토와 조력자라는 말은 확실히 차이가 있다.

멘토는 멘티보다 나은 입장에서 끌어 주고 도움 주는 사람이라고 나는 알고 있다.

그러나 조력자는 도움을 받는 사람보다 더 나은 상황이나 처지나 입장이나 환경이 아니더라도 힘이 되어주고 도움을 주며 옳은 길, 바른 길, 유익한 길을 갈 수 있도록 돕는 사람을 일컫는다고 나는 생각한다.

조력이란 끊임없이 피어나는 아름다운 꽃과 같다.

빈센트 반 고흐를 도왔던 조력자 동생 테오

지난여름 나는 수많은 감동 스토리를 가지고 있는 빈센트 반 고흐의 작품이 소장된 곳, 네덜란드 암스테르담에 고흐 가족들이 세운 '고흐 박물관'을 갔다. 위대한 미술가 고흐와 조력자의 역할을 한 동생 테오의 흔적을 느끼기 위해서였다.

박물관 개관 시간이 한 시간이나 남았는데도 입장을 기다리는 꽤 긴 줄이 늘어서 있었다. 조력자 동생 테오가 없었더라면 세기를 뛰어넘어 지대한 예술가로 남은 빈센트 반 고흐를 기념하고 그의 작품으로 가득한 고흐 박물관에 이토록 많은 사람이 찾아올 수 있을까 싶을 만큼 많은 사람들이 줄지어 서 있었다.

미술가로 유명한 작가 '고흐'는 독서광이기도 했다고 한다. 테오한테 보낸 편지글을 보면 알 수 있다. 그가 얼마나 책을 많이 읽었는지를.

먼저 빈센트 반 고흐가 동생 테오에게 보낸 편지 중 일부분의 내용이다.

* 테오야, 터널이 끝나는 곳에 희미한 빛이라도 보인다면 얼마나 기쁘겠니. 요즘은 그 빛이 조금씩 보이는 것 같다. 인간을, 살아 있는 존재를 그린다는 건 정말 대단한 일이다. 물론, 그 일이 힘들긴 하지만, 아주 대단한 일임에는 분명하다.

* 인물화나 풍경화에서 내가 표현하고 싶은 것은, 감상적이고 우울한 것이 아니라 뿌리 깊은 고뇌다. 내 그림을 본 사람들이, 이 화가는 깊이 고뇌하고 있다고, 정말 격렬하게 고뇌하고 있다고 말할 정도의 경지에 이르고 싶다. 흔히들 말하는 내 그림의 거친 특성에도 불구하고, 아니, 어쩌면 그 거친 특성 때문에 더 절실하게 감정을 전달할 수 있을지도 모른다. 이렇게 말하면 자만하는 것처럼 보일지도 모르지만, 나의 모든 것을 바쳐서 그런 경지에 이르고 싶다.

* 그림 속에는 무한한 뭔가가 있다. 정확하게 설명하기 힘들겠지만 자기 감정을 그림으로 표현하는 건 정말 매혹적인 일이다. 색채들 속에는 조화나 대조가 숨어 있다. 그래서 색들이 저절로 조화를 이룰 때면 그걸 다른 방식으로 사용하는 게 불가능해 보인다.

* 너의 짐이 조금이라도 가벼워지기를, 될 수 있으면 아주 많이 가벼워지기를 바란다. 아무리 생각해도 나에겐 우리가 써버린 돈을 다시 벌 수 있는 다른 수단이 전혀 없다. 그림이 팔리지 않는 걸……. 그러나 언젠가는 내 그림이 물감 값과 생활비보다 더 많은 가치를 가지고 있다는 걸 다른 사람도 알게 될 날이 올 것이다. 지금 원하는 건 빚을 지지 않는 것이다.

사랑하는 동생아. 너에게 진 빚이 너무 많아서 그걸 모두 갚으려면 내 전 생애가 그림 그리는 노력으로 일관되어야 하고, 생의 마지막에는 진정으로 살아본 적이 없다는 느낌을 받게 될 것 같다. 그러나 그런 건 문제가 아니다. 유일한 문제는 그림 그리는 일이 점점 더 어려워질지 모른다는 생각 그리고 늘 이렇게 많이 그리지 못할 거라는 사실이다. 언젠가 내 그림이 팔릴 날이 오리라는 건 확신하지만, 그때까지는 너에게 기대서 아무런 수입도 없이 돈을 쓰기만 하겠지. 가끔씩 그런 생각을 하면 우울해진다.

* 지도에서 도시나 마을을 가리키는 검은 점을 보면 꿈을 꾸게 되는 것처럼, 별이 반짝이는 밤하늘은 늘 나를 꿈꾸게 한다. 그럴 때 묻곤 하지. 왜 프랑스 지도 위에 표시된 검은 점에게 가듯 창공에서 반짝이는 저 별에게 갈 수 없는 것일까?
타라스콩이나 루앙에 가려면 기차를 타야 하는 것처럼, 별까지 가기 위해서는 죽음을 맞이해야 한다. 죽으면 기차를 탈 수 없듯, 살아 있는 동안에는 별에 갈 수 없다. 증기선이나 합승마차, 철도 등이 지상의 운송수단이라면 콜레라, 결석, 결핵, 암 등은 천상의 운송수단인지도 모른다. 늙어서 평화롭게 죽는다는 건 별까지 걸어간다는 것이지…….

지를 보니 고흐는 동생을 많이 의지하고 있는 것으로 느껴진다. 생전 고흐는 대부분 동생 테오에게 편지를 썼다고 한다. 편지들은 빈센트 반 고흐의 작품들에 대한 중요한 정보와 그의 생각과 일상, 연애 실패담, 우울증 그리고 동생과의 형제애의 성격까지 속속들이 알려준다. 믿고 의지하는 사람, 비록 동생이었지만 테오는 형인 빈센트 반 고흐에게 힘이 되어주는 사람이었음을 알 수 있다.

둘의 형제애는 매우 두터웠다. 테오의 감성적인 삶에 있어 그는 중요한 인물이었다. 테오는 그런 존재인 형을 재정적, 정신적으로 끝까지 지원해 주었다. 고흐의 편지를 보면 테오는 오랜 시간 형에게 든든한 기둥이 되어주며, 지원을 마다하지 않았다.

네덜란드의 후기 인상주의 작가 '빈센트 반 고흐'는 선명한 색채와 정서적인 감화로 20세기 미술에 지대한 영향을 미친 작가다. 그 이름 자체만으로도 충분한 수식어가 되었음에도, 많은 사람들이 반 고흐의 삶과 작품에 대해 이야기하는 것은, 세기를 넘어선 감동을 주기 때문이다. 그는 목사의 아들로 태어나 일생 내내 잦은 정신적 질환과 근심으로 고통을 겪었으며 37세의 아까운 나이에 숨졌다. 살아 있을 때 그는 인정받지 못했고 사람들로부터 외면당했다. 사후에야 알려진 고흐는 현대미술의 토대를 형성하는 데 빼놓을 수 없는 작가가 되었다.

어릴 때부터 작품 활동을 시작한 다른 유명 작가와 달리 20대 후반에 진로를 바꾸어 그림을 그릴 것을 다짐하자 동생 테오는 형에게 조언해서 왕립 미술아카데미에서 미술을 공부하게 했다.

현대미술사에 길이 빛나는 빈센트 반 고흐, 고흐미술관에는 거대한 고흐 초상화가 있다. 포토존이다. 포토존에 서서 인증 사진을 찍으며 나는 다짐했다. 그를 빛나게 만들어준 동생 테오처럼 나도 돕는 사람이 되어 나의 도움을 받는 기업(상품)과 사람(품격)을 더욱 빛나게 해 줄 것이라고.

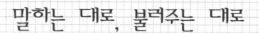

말하는 대로, 불러주는 대로

말하는 대로 말하는 대로

될 수 있단 걸 눈으로 본 순간 믿어보기로 했지

마음먹은 대로 생각한 대로 할 수 있단 걸 알게 된 순간 고갤 끄덕였지

마음먹은 대로 생각한 대로 말하는 대로 될 수 있단 걸 알지 못했지 그

땐 몰랐지

이젠 올 수도 없고 갈 수도 없는 힘들었던 나의 시절 나의 20대

멈추지 말고 쓰러지지 말고 앞만 보고 달려 너의 길을 가 주변에서 하는

수많은 이야기

그러나 정말 들어야 하는 건 내 마음속 작은 이야기

지금 바로 내 마음속에서 말하는 대로 말하는 대로 말하는 대로

될 수 있다고 될 수 있다고 그대 믿는다면

마음먹은 대로 (내가 마음먹은 대로) 생각한 대로 (그대 생각한 대로) 도

전은 무한히 인생은 영원히

말하는 대로 말하는 대로 말하는 대로 말하는 대로

개그맨 유재석이 무한도전 프로그램에 출연해서 불렀던 노래 가사 일

부다. 청소년들에게 많은 희망을 준 노래다. 어렵고 힘이 들더라도 긍정

을 말하게 하는 좋은 노래이다. 내가 중학교 혹은 고등학교에 가서 수업을 진행할 때 쉬는 시간이면 이 노래를 들려준다. 대부분의 아이들이 따라 부른다. 나는 아이들에게 긍정을 이야기하게 하고 "반드시 말하는 대로 된다."라고 이야기한다.

몇몇 가수들의 삶을 보면 그가 노래하는 대로 현실이 된 사례가 있다. 9년간의 무명가수에서 쨍하고 해 뜰 날을 불러 쨍하고 해가 뜬 송대관 씨가 있고, 낙엽 따라 가버린 사랑을 부른 차중락 씨는 낙엽 따라 가버렸으며, 산장의 여인을 부른 권혜경 씨는 산장의 여인이 되었고 마지막 콘서트를 부른 이승철 씨는 그 노래를 부르고 3년을 쉬었다고 한다. 거위의 꿈을 불렀던 인순이 씨는 국민가수가 되었다. 말이 씨앗이 되어 마음 밭에 뿌려지기 때문에 노래도 입술을 통해 나오는 말의 일부다. 우리들은 노래를 하더라도 비극적인 가사가 담긴 노래보다 좀 더 밝고 희망적이고 진취적인 노래를 자주 많이 불렀으면 좋겠다. 나는 누구를 만나더라도 나의 이름을 삼행시로 풀어서 소개하고 삼행시로 인사한다.

서로에게

윤택한 삶을 드리는

덕스러운 사람

라고……. 실제로 내 이름의 윤은 윤택할 윤(潤)이고 큰 덕, 어진 사람 덕(德)이다.

이렇게 좋은 이름을 지어주신 부모님께 감사드린다.

철모르고 어렸을 때는 남자 이름이고 촌스럽게 지어주었다고 싫어한 적도 있었다.

그러나 시간이 흘러 내 이름의 뜻을 제대로 안 후부터는 달랐다. 내 이름이 좋았다. 또 내 이름에 삼행시를 만들고 나서부터는 더욱 내 이름이 좋아졌다. 삼행시 그대로 나는 서로에게 윤택한 삶을 드리는 덕스러운 사람이 되었다. 나를 아는 많은 사람들이 나를 부를 때 "서로에게 윤택한 삶을 주는 덕스러운 사람 서윤덕 선생님!" 하고 불러주거나 글로 쓸 때가 많다. 나는 그들이 불러주는 대로 되었다. 앞으로도 더 많은 사람들을 윤택한 삶의 길로 인도할 것이다.

내 호 역시 '지당'으로 "이치에 맞고 지극히 당연하다."라는 뜻을 가지고 있다.

내가 자주 쓰는 예명으로는 '나비'가 있다 하여 나를 '나비윤덕님', '나비님'이라고 불러주는 사람도 있다. 나비는 아름다운 날개를 지닌 사랑스런 곤충이다. 나비 하면 유년의 추억이 머릿속에 그려진다. 봄날 우리 집 텃밭에 활짝 핀 장다리꽃 사이를 너울너울거렸던 나비들을 생각하면 미소가 빙그레 지어진다. 꽃과 꽃을 부지런히 찾아다니며 수정해 준다. 열매 맺을 수 있도록 돕는 아름다운 모습을 갖고 있다. 성경 속에 나오는 선지자 랍비는 선생님 혹은 멘토의 모습인데 우리글로 번역해서 '나비'라고 쓴다. 나도 누군가의 삶에 좋은 열매 맺도록 돕는 나비 같은 사

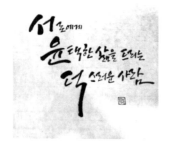

람이 되고 싶고 선한 영향력을 주는 랍비 같은 사람이 되고 싶다. 그리고 아름다운 자유의 날개를 펼치며 하늘을 날고 싶다. 비상(飛上)이다.

나와 내가 도움 주는 사람들과 함께 비상(飛上: 높이 날아오르다)한다.

행복한 조력자의 길

　나의 생활을 유지하면서 내 주변의 사람들에게 도움을 주고 여건에 따라서는 홍보도 해주고 사업이든 공부든 그들이 하려고 하는 일에 선한 작용이 될 만한 사람들과 연결도 시켜주며 즐거워하는 나는 남과 다른 조력에너지가 있음을 느낀다. 나의 일을 제쳐 두고 하는 것이 아니다. 열심히 나의 일도 하면서 도움이 필요할 땐 도움의 손길을 건넨다.

　나는 오래전부터 사소한 것도 타인을 도우려고 힘썼다. 강남 고속버스터미널 지하에서 지상으로 오르는 계단에 무거운 짐 보따리를 양손으로 들고 올라가는 사람을 보면 난 그냥 지나치지 않았다. 공공장소에서 아무도 없이 울고 있는 어린아이를 보면 그냥 지나치지 않았다. 요즈음은 나도 모르는 사이 범죄의 굴레 속으로 들어가거나 오해를 살 수 있으니 함부로 남의 물건을 받아 옮겨주는 친절을 베풀지도 말고 우는 아이가 있어도 다가서지 말라고 한다. 삭막한 현실이다. 아주 낯선 사람에게 과도한 친절을 베풀지는 않는다. 설령 알고 지내는 사람일지라도 그가 원하지 않은 과도한 친절은 베풀지 않는다. 하지만 때로는 의견을 묻지 않고 감동을 주기 위한 도움은 실행한다. 특히 상품을 가지고 있는 지인들의 홍보는 두말할 필요가 없다. 그들은 자신의 상품이 이 세상 모든 사람들에게 알려지고 애용하여 수익이 나기를 바라고 그 상품으로 하여 이 사회에 기여하기를 바라고 있으니까 말이다.

인간으로 태어나 가장 중요한 일과 가장 잘한 일은 아이를 낳아 키운 일이다.

왜냐하면 오랜 시간이 흘러 그 사람을 이야기할 때 그 사람이 언제 어디서 무엇을 하다 갔는지 보다 누구를 낳아 키웠는지에 모든 역사의 초점이 맞추어져 있기 때문이다. 성경 속에 한 페이지 이상 누가 누구를 낳고 누가 누구를 낳고, 낳고, 낳고가 적힌 구약전서 첫 책 창세기 5장, 신약전서 첫 책 마태복음 1장을 읽어본 사람들은 알 것이다. 그만큼 역사는 인물조차도 그 인물이 무엇을 했느냐보다 어떤 자손을 낳았는지로 연결시키고 있다.

나는 초등학교 친구 네 명(은주, 월순, 남옥, 인선)과 아주 친하게 지낸다. 여름과 겨울, 일 년에 두 번은 아이들과 동행해서 만났고 다양한 체험을 했다. 남원 광한루와 순천 낙안읍성, 순천만 갈대숲, 지리산 흥부마을, 전주 한옥마을, 외갓집 체험, 엄마들이 다녔던 초등학교에서의 여름 한나절 등등 기억에 남는 재미난 시간을 만들었다.

지금은 아이들이 거의 다 커서 동행하지 않지만 추억의 이야기는 생각만 해도 입가에 미소가 번져난다. 우리들은 만날 때마다 아이들의 커가는 이야기로 꽃을 피웠다. 서로서로 이야기하며 자녀들의 바른 양육을 위해 애썼고 또 만날 때마다 즐거운 이벤트, 행복한 시간을 계획해서 실행했었다. 우리들의 추억앨범 속에는 아주 재미난 이야기들이 살아 숨

쉰다. 그렇게 우리들은 아이들에게 좋은 추억을 많이 남기도록 도왔으며 기꺼이 즐거운 시간을 함께 만들었다.

대부분 아이들은 멋지고 예쁘게 성장했다. 물론 지금도 성장하고 있다.

자녀들은 부모의 의식을 따라 배우며 부모의 모습을 닮은 채로 성장한다.

나는 자녀를 올바르게 성장시키기 위해 우선 나부터 아이들에게 본이 되는 모습, 올바로 서는 연습을 했다.

될 수 있는 한 학원수강보다 많은 시간을 여행하게 했으며 낯선 캠프를 참석해 다양한 사람을 만날 수 있도록 양육자 엄마로서 길을 안내하는 역할을 했다. 아니, 지금도 그런 역할을 하고 있다. 그것은 바로 조력자의 역할이다. 그 역할이 아이들에겐 문제 해결력을 키우는 데 아주 좋은 자양분으로 작용할 것이다.

외갓집 앞냇가에서 물놀이　　　　　　　엄마들의 초등학교에서 야구놀이

엄마들의 초등학교에서　　　　　　　남원 광한루에서 성춘향 이도령 의복 입어보기 체험

좋은 부모, 의식 있는 부모

올해는 인성교육진흥법이 통과되면서 여기저기에서 인성, 인성 하는 뉴스로 물결을 이루었다. 인성교육지도사 자격증도 우후죽순으로 생겨난다고 하고 실태조사에 나서기도 하는 것을 보아 왔다. 과연 인성교육지도사로부터 인성지도를 받으면 없던 고운 마음이 생겨나고 인성이 바르게 될까? 아이들의 바른 인성은 어디서부터 시작되는 것일까?

바로 가정에서부터이다.

의식(意識)을 바르게 갖고 아이들에게 의식(衣食)을 제대로 챙겨주며, 밥상머리에서 사람으로서 가져야 할 마음자세나 도리를 잘 알려주는 부모님이 계시는 곳, 그곳이 인성교육의 현장이 되는 것이다. 어려서부터 따뜻한 위로와 배려, 편안함과 사랑이 느껴져 좋은 것을 서로 양보하고 웃는 표정으로 행복함을 표현할 줄 알게 되는 최소한의 공간이면서 최

대한의 행복나눔공동체가 가정이다. 서로의 마음을 공감하는 방법들을 자연스레 익히고 생활 속에서 존중받았다는 느낌을 가질 수 있도록 항상 고운 말을 사용하는 부모님이 계신 곳, 아니 부모님이 안 계시더라도 부모님을 대신할 어른이 있는 곳이 가정이다. 가정에서 체험할 수 없는 단체생활, 다양한 성격을 가진 친구들과의 교류의 장이 되는 학교는 나눔과 질서와 협동을 실천할 수 있는 확장된 가정이다. 그러니 인성교육은 학교보다는 가정에서가 먼저다.

자녀를 둔 세상의 모든 부모들은 좋은 부모가 되고 싶어 한다.

남들보다 좋은 옷, 좋은 먹거리, 좋은 환경인 윤택한 의식주(衣.食.住)를 제공해 주고 싶고, 물려주고 싶은 소망이 있다.

'좋은 부모 헌장'을 보면 좋은 부모란?

▷ 아이들에게 사랑받고 있다는 확신을 갖게 해 준다.
▷ 아이들과 대화의 끈을 계속 유지한다.
▷ 항상 칭찬을 아끼지 않는다.
▷ 항상 솔직해야 한다.
▷ 일의 결과보다는 과정을 중시한다.
▷ 아이들에게 공부하라고 하기 전에 자신이 공부를 한다.
▷ 자녀의 개성과 소질을 중요시한다.
▷ 자녀가 할 수 있는 일은 혼자 할 수 있게 해 준다.
▷ '더불어 사는 삶을 산다.'는 것을 보고 배울 수 있도록 한다.

의식(意識)이 없는 부모는 자신에게서 오는 결핍감을 채우기 위해 남들에게 보여질 만한 물건에 집착하거나 자녀를 통제해서 자신의 욕심을 채워 만족을 느끼려고 한다. 자녀가 필요한 것을 과도하게 챙겨주고 위험을 막아준다고 말하면서 과잉보호하여, 그들이 세상을 탐험하거나 스스로 시도해 보는 것을 가로막는 장애물이 된 경우가 있다.

사람은 끊임없이 배워야 한다. 낭송해야 한다. 부모는 배우고 낭송해야 한다. 엄마는 더 배우고 낭송해야 한다. "세상에서 가장 현명한 사람은 모든 사람으로부터 배우는 사람이며, 가장 사랑받는 사람은 모든 사람을 칭찬하는 사람이며, 가장 강한 사람은 자신의 감정을 조절할 줄 아는 사람이다."라고 탈무드에 기록되어있다. 시시때때로 커가는 아이들의 모습 속에서도 겸손하게 배우면서 현명한 부모가 되고, 주변의 상황과 아이들을 바르게 칭찬하여 가족들 간에 행복한 소통으로 사랑과 존경받는 부모가 되며, 자신의 감정을 잘 조절하여 아이들을 미래 멋진 사회 구성원으로 키워내는 가장 강하고 아름다운 부모가 되기를 소망한다면 배우고 낭송하는 장소에 더 많이 머물러야 할 것이다. 고미숙 작가는 말한다. 내 몸과 우주를 감응하게 하는 최고의 양생법이자 자기배려는 고전의 낭송이라고. 낭송은 외워 읊는 것이다. 낭송은 누구나 할 수 있다. 고전이 어려우면 동시부터 낭송하여 아이들에게 들려주는 그래서 함께 낭송하는 의식 있는 엄마가 되자. 감정조절을 잘하는 것은 호흡법이다. 호흡 조절을 잘하면 낭송도 잘하게 된다.

말무덤

"말무덤 아세요?" 하고 물으면 대부분의 사람들은 "동물 말(馬) 중에서 공을 세운 말이 죽자 주인이 무덤까지 만들어 주었나봅니다."라고 대답한다. 말무덤은 타고 다니는 말이 죽어서 사체를 묻은 무덤이 아니고 우리가 내뱉는 말(言)을 묻은 무덤(塚)이다.

경북 예천군 지보면 대죽리 한대 마을, 이 마을에는 400~500년 전에 만들어진 것으로 추정되는 말무덤(言塚)이 있다.

한대 마을은 예전부터 여러 성씨들이 모여 살고 있었는데 문중들 서로 간의 싸움이 그칠 날이 없었다고 한다.

사소한 말 한마디가 씨앗이 되어 큰 싸움으로 번지는 등 말썽이 잦자 마을 어른들은 그 원인과 처방을 찾기에 몰두했다.

한편 이 마을을 둘러싸고 있는 야산이 있는데, 산의 형세가 개가 입을 벌리고 있는 모습이라고 해서 '주둥개산'이라고 불렀다.

그러던 어느 날 마을을 찾은 나그네가 산의 형세를 보고 "좌청룡은 곧게 뻗어 개의 아래턱 모습이고, 우백호는 구부러져 길게 뻗어 위턱의 형세이어서 개가 짖어대는 형상을 하고 있어 마을이 시끄럽다."라고 하면서 예방책을 일러주었다.

이에 마을 사람들은 나그네의 말에 따라 개 주둥이의 송곳니 위치쯤 되는 마을 입구 논 한가운데에 날카로운 바위 세 개를 세우고, 개의 앞니 위치쯤 되는 마을길 입구에는 바위 두 개로 개가 짖지 못하도록 소위 재갈바위를 세웠으며, 마을 사람들은 항상 싸움의 발단이 되어온 마을의 말썽 많은 말(言)들을 접시에 담아 주둥개산에 묻어 장사를 지낸 후 말무덤(言塚)을 만들고 나니 이후부터는 이 마을에 싸움이 없어지고 평온해져 지금까지 화목하게 지내며 정이 도탑게 됐다고 한다.

400~500년 전 한 마을의 말에 관한 이야기는 흘려듣기엔 예사롭지가 않다.

현대를 사는 우리들도 돌이켜 볼 일이다. 가깝기에 쉽게 상처 주고 상처 받는 가족들 부모자녀 간 형제자매 간 진지하게 이야기를 나눠보는 것이다. 특히 사이가 안 좋은 가족들은 필히 해 볼 일이다. 내가 어떤 말로 상처를 주었으며 그의 어떤 말로 상처 받았는지를 적어보고 특별한 날을 정해 그것을 무덤 만들어보는 것이다. 다시는 그 상처 주었거나 상처 받은 말을 사용하지 않기를 다짐하면서 장사 지내보는 의식(儀式)을 치루어 볼 일이다.

의식(儀式)을 치르다는 건 의미가 있는 일이다. 그 의식을 통해 새로이 결단할 수 있고 그 결단을 실행할 수 있으니 말이다. 입학식이나 결혼식이 그렇다. 굳이 식을 치르지 않아도 학교에 입학한 것은 사실이고 계속해서 학교에 다닌다. 결혼식을 안 했다고 해서 결혼생활을 못하는 것은 아니다. 그러나 식을 통하여 만인에게 선언하고 인정을 받는 것이다. 인정을 받으므로 올바른 의식을 갖게 되는 것이다.

말(언어)은 인간의 행동과 사고의 틀을 만드는 원천이다. 사람이 서로 살아가면서 화근이 되는 것을 추적해보면 말로부터 비롯된다.

나는 '감동언어전문디자이너'라는 타이틀을 나 자신 스스로에게 부여하고 생활하고 있기에 그렇기도 하지만 자녀를 양육하면서 더 많이 알게 되었다. 할머니가 양육한 어린아이를 보면 일부러 가르치지 않아도 아이들이 할머니 스타일의 언어를 사용한다. 사투리나 억양을 그대로 따라하는 것을 볼 수 있다. 그래서 나는 더욱 양육자(엄마)의 말이 굉장히 중요하다는 것을 깨달았다. 가능한 좋은 말을 하려고 노력했고 아이들에게 감사하는 말이나 인사를 꼭 하라고 교육시켰다. 특히 음식을 먹기 전에 감사의 기도를 하거나 "고맙습니다."라고 음식을 주신 분께 인사를 하고 먹으면 면역력이 월등하게 좋아진다고 친정 부모님께서 자주 들려주었기에 아이들에게도 그렇게 교육했다. 언총에 가보면 입구에는 돌비석으로 말(언어)에 관련된 명언이나 속담이 새겨져 있다. 새긴 글을 하나하나 소리 내어 읽으며 내 마음에도 새겨보았다.

말이 씨가 된다.
말 잘하고 징역 가랴.
말 한마디에 천 냥 빚 갚는다.
웃느라 한 말에 초상난다.
말이란 '아' 다르고 '어' 다르다.
입에 쓴 약이 병에는 좋다.
혀 밑에 죽을 말이 있다.

말 뒤에 말이 있다.

말 안 하면 귀신도 모른다.

입을 비뚤어져도 말은 바로 해라.

고기는 씹어야 맛이요 말은 해야 맛이다.

길이 아니면 가지 말고 말이 아니면 듣지 마라.

세 살 먹은 아이 말도 귀담아들어라.

귀는 크게 열고 입은 작게 열랬다.

내 말은 남이 하고, 남의 말은 내가 한다.

가는 말이 고와야 오는 말이 곱다.

물이 깊을수록 소리가 있다.

말은 적을수록 좋다.

말이 말을 만든다.

가루는 칠수록 고와지고 말은 할수록 거칠어진다.

낮말은 새가 듣고 밤말은 쥐가 듣는다.

말이 많으면 쓸 말이 적다.

소리 없는 벌레가 벽을 뚫는다.

숨은 내쉬고 말은 내지 말라.

말은 할수록 늘고 되질은 할수록 준다.

발 없는 말이 천 리 간다.

말 단 집 장맛이 쓰다.

부모의 말을 들으면 자다가도 떡이 생긴다.

말이 고마우면 비지 사러 갔다가 두부 사온다.

비단 대단 곱다 해도 말같이 고운 것은 없다.

훌륭한 예절이란 타인의 감정을 고려해 표현하는 기술이다.

입으로 하는 맹세가 마음으로 하는 맹세만 못하다.

한 점 불티는 능히 숲을 태우고 한 마디 말은 평생의 덕을 허물어뜨린다.

경북 예천 말무덤 –언어의 무덤– 현장에서

최근에 정신건강의학과 의료진과 교수들이 발표한 것을 보면 부모들이 자녀들에게 생각 없이 때로는 자녀들이 잘되라고 지도하는 의미로 위해준다고 늘어놓는 혹은 다그치는 언어 학대는 그렇게 잘되라고 하는 자녀들의 IQ를 낮추고 우울증과 정신장애를 높이는 원인이 된다고 했다. 고리들 작가가 쓴 책 『두뇌사용설명서』 342쪽에는 엄마의 말이 아이의 몸을 아프게 하거나 머리를 나쁘게 한다고 나와 있다. 잘되기는커녕 우울증과 정신장애를 높이고 몸을 아프게 하고 머리를 나쁘게 한다니 자녀를 키우고 있는 부모님들은 자신의 언어사용을 다시 한 번 짚어 볼 일이다.

어떻게 짚어 보면 좋을까? 내가 했던 방법이다.

잠자기 전에 오늘 내가 아침 눈뜨면서부터 저녁까지 만난 사람의 이름과 사용한 말(언어)을 적어본다. 특히 자녀에게 사용한 말은 아주 세밀하게 적어 본다. 적다 보면 '아, 다음번엔 이 상황에서는 이 말은 하지 말아야겠구나.'를 다짐하게 된다. 그럼 무슨 말을 할까 생각하며 그 말 대신 하면 좋을 말을 미리 써 보고 두세 번씩 소리 내어 읽어보면 효과적이다.

위와 같은 행동은 부모로서 자녀들에게 바른 말, 힘이 되어 주는 말, 사랑의 마음을 전하는 말, 위로와 격려가 되는 말을 미리 생각하고 연습해 보며 습관화시킬 수 있다. 말하는 것에서부터 아이들에게 모범을 보인다면 더 없이 좋을 것이라고 나는 생각한다. "사랑해.", " 괜찮아.", "아 ~ 그렇게까진 생각 못 했네.", "미안해.", "용서해 주렴.", "걱정했어.", "고마워.", "잘했어.", "너의 생각은 어때?" 이렇게 아름답고 따뜻한 언어는 결국 내 자녀를 편안하고 행복하게 해 준다. 그리고 물결이 되어 다른 친구에게 이웃들에게 전파되는 것이다. 저마다 자신의 언어 습관을 돌아보고 상대방에게 감동 주는 언어를 더 많이 사용하면 우리 가정이 행복하고 우리 사회가 아름답고 따뜻하며 희망의 언어가 꽃피는 세상이 되지 않을까.

사춘기 내 아이들과의 소통 이야기가 오경미 저자의 '이제는 오감대화다' 책에 소개되어있다.

보고 만질 수 있도록, 직접 체험할 수 있도록

초등학생이 된 우리 아이들에게 나는 봄을 많이 보여주었다. '아이들이 학교를 오가며 알아서 보는 거지 뭘 보여줘서 보나?'라고 생각하는 부모님도 있을 것이다. 그러나 매번 같은 길, 같은 장소가 아닌 새로운 곳으로 발길을 돌려 눈으로만 보여준 것이 아니라 손으로 만져 보게 하고 귀로 들어 보게 했다. 봄은 매일매일이 변화한다. 땅이 풀리고 새싹이 돋아나는 매일의 모습을 가만히 앉아 들여다보게 하고 그 변화하는 모습을 본 대로 글로 쓰고 느낌을 글로 써보게 하고 그림으로 그려보게도 했다.

마른나무 가지에 물이 올라 부드러워져 가는 모습,
새순이 올라오기 직전의 모습과 마~악 꽃눈을 틔우는 시기의 모습,
봉긋 올라온 모습,
어여쁘게 꽃망울 맺힌 모습.
활짝 피어나는 봄꽃 모양이 하루하루 다르게 이어지기에 보여주기에
봄이 최고의 계절이다.

엄마로서 그냥 아이의 손을 잡고 새순이 나는 양지쪽 흙이 있는 곳으

인후동 뒷산 배수지 주변 봄날의 사과꽃망울과 상수리나무 새순

로, 나무 곁으로 향할 수 있는 마음의 여유를 갖는 일이 제일 중요하다고 생각한다.

마음의 여유가 없으면 짧은 봄을 금세 지나칠 수 있기 때문이다.

아이와 함께 새순이 움트고 있는 양지바른 쪽 혹은 생명을 틔워내고 있는 언덕이어도 좋고 작은 텃밭이어도 좋다.

화단이여도 좋다.

아니, 화분이어도 좋다.

함께 들여다보며 어떻게 보이는지 어떤 느낌인지 물어보고 엄마의 느낌도 이야기해주라고 하고 싶다.

때론 가까운 산에 같이 올라 아름드리나무를 끌어안고 가만히 귀를 대어 보았으면 좋겠다.

나무에서 무슨 소리가 들리는지…….

자연의 표정을 보며 자연의 소리를 귀 기울여 들어보는 즐거움은 다른 어떤 것보다 소중하고 가치 있다. 감동의 언어가 저절로 만들어진다. 감동의 표현이 절로 나온다.

특히 봄은 그 변화가 빠르고 아름답고 겨울 소리와 겨울 풍경과 너무나 대비되기 때문에 시시각각 하루하루 변화해 가는 과정을 엄마가 이야기해주기에 아주 좋은 계절이다.

나무를 끌어안고 귀 기울여 들어본 사람은 안다. 나무속에서 어떤 소리가 들려오는지를. 요즈음 유치원에서는 청진기를 나무에 대어보게 하는 체험을 하는 것을 보았다.

이러한 경험을 하게 하는 것을 나는 봄맞이 의식(儀式)(행사를 치르는 일정한 법식. 또는 정하여진 방식에 따라 치르는 행사)을 치른다고 말한다. 이러한 봄맞이 의식은 아이들에게 자연에 대한 올바른 의식(意識)을 심어주며, 소중한 추억이 된다. 매년 추운 겨울 끝에 찾아오는 봄을 기다리는 재미가 있고, 해가 더할수록 봄을 즐길 준비가 되어 있으며, 누구에게라도 봄이 아름답고 멋지다고 말할 수 있는 추억을 만들어 주는 것이다.

어여쁜 완주 화산 봄 꽃동산에서 종민이와 은혜의 즐거운 한때

여름은 아이들의 계절이다.

물놀이의 즐거움을 모르는 사람은 아무도 없다. 계곡을 가고, 해수욕장이나 수영장을 가는 그런 것 말고 색다른 곳이나 색다른 체험을 해보게 하는 것이 아이들의 기억에 오래 남을 것이다. 봄을 의식(儀式)해서 맞이했다면 여름은 체험(體驗)의 나날들이라고 해도 좋다. 나는 여름이 되

면 아이들을 데리고 이색명소를 다녔다.

지폐 속에 나오는 공간 경회루 도산서원 경주 불국사를.

사회책에 나오는 특별한 곳 서울 남산 봉수대, 강화도 마니산 참성단, 포항 호미곶. 경주 문무대왕릉 등을 다녔으며 서울 요소요소를 서울사람보다 더 서울을 잘 알 만큼 다녔고 체험하게 했다. 코엑스와 킨텍스 특별전시장은 꼭 둘러보았다.

봄 햇살이 따사로운 날이면 양지쪽에 앉아 햇살을 쬐이며 햇살이 어떻게 우리의 볼을 간지럽히는지도 알게 하고, 여름날 비가 오는 날엔 우산 대신 잎 넓은 토란잎을 쓰고 다니는 놀이를 즐기기도 했다.

비 갠 날의 맑음과 흰 구름의 이야기를 들어보라고 청청지역 진안과 무주를 휘리릭 잘도 다녀오곤 했다. 만져 보고 바라보고 체험해 보고 써 보고 입어 보았던 날들은 아이들의 삶 속에 녹아들어 만족감과 자신감의 밑거름이 되었다.

주어진 현실 속에서 자연을 누릴 수 있도록 돕는 엄마가 되어 즐거워하면서 생활했다.

돈으로는 절대 살 수 없는 자연을, 날씨를 내 것으로 누리면서 만족하며 살아가는 법을 알게 하고 내 자녀들이 의식 중에 즐겁게 습득했다고 생각하면 참으로 기분이 좋아진다.

남의 것을 탐내지 않고 자신의 목표를 세워 성취하려고 함은 이런 부모의 역할이 작용하여 생겨난 것이 아닐까 싶다.

즐겁게 보며 만지며 느끼며 생활한 아이가 받아온 상과 상의 내용을

가을을 맞이하려는 즈음 무주에서

하늘자전거를 태워주는 오빠. 무서워하는 은혜

여름 비오는 날 토란잎을 쓰고

적어 본다.

유치원 졸업할 때

창의상

항상 새롭고 신기한 생각들로 가득 차 있는 이종민에게 이 상을 줍니다.

남들이 미처 생각지 못한 독특한 생각과 기발한 행동으로 모든 사람들에게 새로운 가치와 놀라움을 안겨주기 바랍니다.

초등학교를 졸업할 때

으뜸상 – 팔방미인상 – 이종민

위 어린이는 성실하고 꾸준한 태도로 열심히 노력하여 두서와 같은 부문에서 실적을 거두어 성장 가능성이 크게 기대되므로 이에 상장을 수여합니다.

어린 시절 아이가 받아온 상장명과 상장 속 글귀는 다시 봐도 기분이 좋다.

유치원 졸업 당시 종민이의 별명은 '만물박사'였고, 초등학교 졸업 당시 종민이의 별명은 '완벽종민'이었다. 포스텍에 입학했던 2013년도 일 학년 때는 '이육사'였다. 고교 3년 동안 열심히 공부했던 친구들과 대학에서 만나 농구경기를 할 때 키 크고 다리 긴 아들 종민이가 다른 친구들에 비해 역동적이고 골도 많이 넣으니 눈에 띄었고 육군사관학교(육사)에도 응시하여 합격했었고 시 낭송 대회도 출전해서 고등부 우수상을 수상한 사실을 안 친구들이 이육사라고 불렀다고 한다. 시인 이육사, 육사를 합격했던 일, 그래서 자연스레 불려진 이육사 264……. 종민이를 다르게 불러주는 별명들, 예명들 또한 흐뭇하다.

나는 아들에게 새 학년이 되면 항상 주문했다. 친구들의 별명을 지으려면 긍정적이고 유쾌한 별명을 지으라고, 그래서 불러주었을 때 당사자가 좋아할 별명을 지어주는 사람이 되라고, 아름다운 관계를 만들어가는 것 첫걸음 중 하나가 호칭이라고,

팔방미인상이란 명칭은 지금도 잊히지 않는다.

유치원 졸업 때 받은 창의상

초등학교 졸업 때 받은
팔방미인상

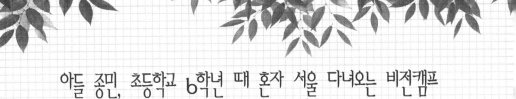

아들 종민, 초등학교 6학년 때 혼자 서울 다녀오는 비전캠프

엄마가 되면서 나는 좋은 엄마가 되기 위해 이런저런 책들을 읽었다. 그중에서도 꼭 기억하는 문장이 "좌절을 통해 자유를 얻게 하라."였다. 좌절에 직면해 보지 않은 사람은 결코 그 좌절을 극복하는 방법을 배울 수가 없기 때문이라는 보충 설명이 있었는데 나는 아이가 10살 두 자리 숫자 나이가 되면 극복할 수 있을 만한 고생에 직면할 수 있도록 환경을 만들어야겠다고 생각했었다. 내 자녀가 역경과 고생에 직면할 수 있도록 허용하려면 엄마(아빠)의 용기가 있어야 한다.

아이를 잘 키우는 부모에 관련 된 책에는 "훌륭한 성품은 고요하고 잔잔한 삶 속에서 빚어지지 않는단다. 왕성한 사고 습관은 역경과 싸우는 중에 형성되며, 커다란 난관이 네게 위대한 덕성을 선물하리라 믿는다. 심금을 울리는 광경들을 통해 생각하는 힘을 잘 기르고 격려하면, 그냥 잠잠 뻔했던 너의 귀한 자질들이 생명을 입고 깨어나 영웅과 정치가의 성품을 빚을 것이다."라는 아빠가 아들에게 쓴 편지글이 있다. 전적으로 공감했다.

대부분의 엄마들은 "내 아이가 상처를 입으면 나는 피를 흘린다." 하며 자기 자녀가 고생스럽거나 힘들어하는 환경을 제공하려 하지 않는다. 역경과 고생에 직면할 수 있도록 허용하는 용기가 없다. 그저 편안함만을 주려고 한다고나 할까? 그러면서도 자녀가 위대한 덕성을 가진 사람으로 성장하기를 바라는 이 시대의 많은 엄마들의 이중적인 마음을 본다.

"신성한 자녀 양육에 있어서 자녀의 고생 없는 삶보다는 봉사정신과 덕성을 선택하여 행할 수 있도록 만들어주는 현명한 부모가 되어야 한다."라는 글을 나는 마음에 새겼다.

아이가 초등학교 다닐 때 나는 교회에서 주일학교 교사를 하면서 여름성경학교 교사 세미나에 참석해 의식(意識) 있는 최광열 목사님을 알게 되었다.

최 목사님은 당시 서울 대광고등학교 교목이셨고, 여름방학에 한 번, 겨울방학에 한 번씩 전국에 있는 중·고등학교 학생의 참가 신청을 받아 '비전과 목적을 찾아주는 비전캠프학교'를 예비 중학생이 될 6학년부터 운영, 진행하고 계신다고 하셨다.

엄마로서 용기를 낼 절호의 기회를 포착했다.

당시 5학년이던 아들에게 역경과 고생에 직면할 수 있도록 허용하는 용기를 낼 기회가 찾아온 것을 나는 환영했다.

예비 중학생인 6학년부터 참여가 가능하다 해서 아들은 그 이듬해 여름방학 캠프부터 신청했다. 캠프 가기 전 윤동주의 '서시'와 유치환의 '깃발'이란 시를 암송해 오라는 숙제를 주었다.

그리고 기질 검사표를 체크해서 보냈다. 캠프를 준비하는 단계부터 마음에 들었다. 6학년 여름방학 캠프에 첫 번째로 참석할 때는 대광고등학교 캠프장 앞까지 데려다주었다. 동생과 함께 캠프장 앞에까지 가서 종민이를 놓고 나오며 "3박 4일 동안 유익하게 잘 보내. 엄마가 다시 올게." 하고 아이를 쳐다보니 눈물이 그렁그렁 맺혀 있었다. 그런 아이에게 두 번 다시 눈길도 주지 않고 돌아 나왔다. 캠프가 끝난 시간, 다시 대광고등학교에 갔다. 아이는 많은 것을 배웠고 깨달았다고 했다.

캠프가 끝나고 여유로운 4일 일정은 서울 이곳저곳을 다녀보며 관람하고 체험했다. 전년도에 복원을 해서 새물맞이를 끝낸 청계천에도 가고, 보신각과 광화문이며 서울시청광장, 명동성당, 덕수궁, 경복궁, 경회루 등 교과서에 등장했던 곳과 신문이나 보도 중심에 있는 명소나 이름 있는 건물이나 공원에도 가서 둘러보았다.

나는 서울에서 내려오는 길에 아이에게 물어 보았다.

"왜 첫날 엄마가 돌아 나올 때 울 것 같은 표정을 지었었니?"라고,

아이는 대답했다. "낯선 곳에 혼자만 남겨진다는 불안감 때문이었죠."

"혼자서 캠프 참여해보니 어때?"

"괜찮았어요."

"그래. 그럼 됐다. 겨울방학부터는 너 혼자 서울에 가서 캠프 참여하고 내려오는 거다."

"예. 알겠어요."

그해 겨울방학에는 방학 전에 캠프 참가 신청을 해 놓고, 당일 날 아침 전주역까지 가는 것부터 혼자서 하도록 했다. 용산역에서 내려 전철을 타고 가든지 시내버스를 타고 가든지 네가 스스로 선택해서 대광고등학교까지 찾아가라고 일러줬다. 도착하면 담당 선생님 전화기를 빌려서라도 엄마한테 잘 도착했다고 전화 한번 하라고 했다. 그러나 캠프가 시작되는 2시가 되었는데도 무사히 도착했다는 연락이 오지 않았다. 무슨 일이 있나? 걱정스럽긴 했지만 조금 헤맨다고 해도 말할 줄 알고 글 읽을 줄 알고 육신이 멀쩡한데 별일이야 있겠어 하고 스스로를 위안했다. 한 시간 이상이 지난 후에 담당 선생님으로부터 잘 도착했다는 문자 메시지가 왔다. 캠프 시작 전에 도착했는데 깜박하고 연락을 못 했다고 했다. 메시지를 받은 나는 안심했다.

캠프 주제는 '비전과 변화 그리고 부흥'이었으며 캠프 내용은 아래와 같은 4가지였다.

1) 유레카(자아발견을 위한 검사와 진단 5가지)
2) 비전갈무리(나의 '꿈과 비전' 품기)
3) 토크파워(대화의 능력 배양, 자신감 고취, 표현력 향상)
4) 기타(아름다운 만남)

나는 아이가 캠프에 참여해 새로운 것을 보고 듣고 배워 변화되어 돌아올 것으로 확신했다.
아이는 캠프를 잘 마치고 전주로 돌아왔다.

처음 참석했던 지난여름과 달리 더 자신감이 붙어 있었고 캠프에서 일어났던 이야기를 자세하게 들려줬다. 돌아오는 길에는 대광고등학교에서 나와 전철을 타고 고속버스터미널로 3호선까지는 잘 갈아탔는데 그만 너무 피곤해서 지하철에서 졸다가 3호선 종점까지 가는 상황을 연출했단다. 다시 내려서 건너편 지하철을 타고 고속버스터미널에 와서 전주 오는 버스를 타고 내려오느라 예상 시간보다 늦게 도착하게 된 이야기도 들려주었다. 대견스러웠다.

나는 엄마로서 아이의 이야기를 들으면서 고생과 역경에 직면해 보고 역경을 스스로 해결해 보는 경험을 했으니 오히려 그런 경험들이 종민이의 인생 안에 큰 덕성이 되어 더 풍성한 삶을 누릴 수 있을 것이라고 생각했다.

그리고 아이에게 말했다.

"어쨌거나 캠프 마치고 집까지 무사히 잘 도착했으니 장하다. 우리 종민이 애썼다. 아마도 초등학교 6학년 때 혼자 기차표 사서 서울 가고 용산역에서 내려 전철 갈아타 가면서 비전캠프 현장에 도착하고, 비전캠프 잘 마치고 다시 지하철 타고 갈아타고 고속버스터미널에 와서 전주까지 내려온 경험을 해 본 학생은 우리 종민이밖에 없을 것이다. 장하고 멋지다! 우리 아들 이종민!"

이후 아이는 많이 어른스러워졌고 어디를 혼자 보내도 당당하게 다녀왔다.

어느 날 아이는 캠프에서 도우미로 활동하던 대학 2학년에 다니는 누나가 '캐리비안의 해적' 영화음악을 멋지게 피아노로 연주하는 모습이 너무 좋았다고 자신도 피아노로 영화음악을 연주해 보고 싶다고 피아노를 사 달라고 졸랐다.

나는 중고 피아노 한 대를 사주었다. 피아노가 생기자 종민이는 혼자서 시간만 나면 피아노 치는 연습을 했다.

학교 갔다 오면 4~5시간 동안 피아노만 치는 것이었다. 3학년에 5개월 배운 게 전부인데 혼자서 악보를 보며 날이면 날마다 연습을 했다. 영화음악을 잘 모르는 사람이 들으면 아주 그럴싸하게 연주를 했다. 악보도 보지 않고서 처음부터 끝까지 말이다.

아이는 '말할 수 없는 비밀'이라는 영화에 나오는 피아노 배틀 곡인 '흑건 백건'을 연습했고 '키쿠지로의 여름' 주제음악을 연습했다. 한 번 연습을 하면 얼마나 파고들어 버리는지 몇 달 만에 서너 곡의 영화음악을 악보 없이 연주를 하는 것이었다. 그리고 교회에서 중등부 예배가 끝나고 나면 피아노에 앉아 연습했던 곡들을 연주하는 것이었다. 많은 학생들이 피아노 앞으로 몰려들어 바라보면서 "야~ 종민이 피아노 잘 치네~!" 하며 칭찬과 부러움의 말을 건넸다. 종민이는 참 행복해했다.

이런 연습의 시간이 바탕이 되어 중학교 3학년 가을 학예 발표회 때는 동급생 여학생과 함께 영화음악을 합주하는 혜택을 누리기도 했다.

비전 캠프에 참석해서 멋진 피아노 연주를 듣고 부러워하며 자신도 피아노 연주를 해보고 싶어 스스로 연습해서 영화음악 몇 곡을 완벽하게 악보 없이도 연주할 수 있는 실력을 갖췄고, 숙제로 내준 시 두세 편을 낭송할 줄 알고, 긍정의 힘-자성예언과 내 인생의 목적-사명선언문을 작성해보고 발표해 보았으니~ 캠프에 참석하도록 안내한 나는 기분이 좋았다.

나는 아들이 연주하는 곡 중에 '키쿠지로의 여름'을 좋아한다. 아들이 고등학교 때부터 기숙사 생활을 해서 두어 달 만에 한 번 집에 올 때면 '키쿠지로의 여름'을 연주해 달라고 말한다. 그러면 아들은 기꺼이 엄마를 위해 즐겁게 피아노 건반 위에 손을 올린다.

아들의 연주를 감상하고 있노라면 정말 기분 좋아진다. 행복이 밀려와 나를 감싼다.

훗날 종민이가 이렇게 말했다.

"엄마 6학년 때와 중학교 1학년 때 혼자 서울 가서 비전캠프학교에 다녀온 것이 살아가는 데 큰 도움이 되는 거 아세요. 아마도 저는 그때 문제해결능력이 생겨난 것 같아요. 그때는 그렇게 나를 혼자 보내는 엄마가 싫었었는데 지금 생각하니 고마워요. 엄마!"

종민이가 그렇게 변화되자 나는 다섯 살 터울이 있는 딸도 같은 캠프에 보내기로 마음먹었다.

초등학교 6학년 겨울방학에 캠프 갈 것을 제안하니 혼자서는 절대 안

가겠다고 했다.

나 역시도 딸아이라서 혼자보내기는 약간 염려스러움이 없진 않았다.

당시 중학교 1학년인 조카 주현이(은혜에게는 외사촌 언니)와 둘이서 다녀오게 했다.

1) 가는 중에 엄마한테 전화하지 않기

2) 길을 모르거나 궁금한 것은 주위 사람들에게 물어보기

3) 캠프현장에 도착하면 잘 도착했다고 문자 메시지만 보내기

4) 끝나고 돌아올 때까지 전화하지 않기

이렇게 네 가지를 약속하고 보냈다. 아이 둘은 약속을 잘 지켰다. 다녀온 후 캠프에서 있었던 이야기를 많이 나누게 되니 딸과 더욱 친해지게 되고 먼 길을 어른들의 도움 없이 스스로 찾아갔다가 돌아옴에 따른 자신감이 형성되어 있음을 느끼게 되었다. 지금도 나는 '자녀들이 역경과 고생에 직면할 수 있도록 허용하는 용기'를 실천한 엄마의 역할 중 아이들이 초등학교 6학년일 때 혼자 혹은 사촌 언니와 둘이서 캠프 보낸 일은 참 잘한 일이라고 생각한다. 이 시대에 자녀를 키우는 엄마라면 한번 시도해 볼 일이기에 여건을 만들어 보았으면 좋겠다.

걸어서 전주 ⇒ 익산, 특별한 달 11월을 추억하기

해마다 11월이 되면 풍요로워지는 내 마음······.

이는 들녘의 곡식들과 각종 과일들이 수확되어 곳간에 쌓이는 계절이기도 하고, 나의 보배롭고 귀한 두 아이가 태어난 달이기 때문이다. 그래서 11월이 되면 올핸 또 어떤 의미 있는 사연을 만들어 아이들에게 추억을 남겨줄까를 계획하는 것이 큰 즐거움 중의 하나였다.

큰아이가 초등학교 최고 학년인 6학년. 작은아이가 초등학교 처음 입학한 1학년. 2006년은 아이들에게 추억을 남겨주고 싶고, 기념해주고 싶은 해였다. 11월 11일 달력을 보면 농업인의 날. 한자로 열 십과 한 일 세워서 쓰면 흙 토가 되고 흙 토가 두 번인 날. 그래서 농업인의 날이라고 했다.(친정아버지께서 알려주셨다.)

11월 11일은 농업인의 날이자 예쁜 딸 은혜의 생일날이기도 하다.

그 해엔 처음 도입된 노는(쉬는) 토요일(놀토)

금요일 오후 딸아이 친구들 예닐곱 명이 와서 생일파티를 해준다며 와글와글 재잘재잘 호호 하하 까르르 깔깔깔 웃음이 끊이지 않는다.

어느새 1학년이 되어 친구도 데려오다니 사랑스럽고 귀엽고 한편으론 대견스러웠다.

11일 토요일에는 큰아이 종민이와 함께 거사를 진행하기로 한 날이었다.

무슨 거사?

전주에서 익산까지 30km 도보 행군(?)을 하자고 정한 날, 그것이 바로 거사다.

운동을 별로 좋아하지 않는 아들 종민이, 초등학교 최고 학년 6학년이 되자 아들의 생일이 들어있는 11월에 할머니집이 있는 익산까지 기차도, 버스도, 승용차도 타지 말고 걸어서 가보자고 봄부터 계획했었다.

종민이 생일은 11월 21일이었지만 동생 은혜 생일이자 노는 토요일(놀토)인 11월 11일로 날을 정했었다.

그때 놀토가 아니면 더는 늦출 수가 없었다. 점점 날씨는 추워져 올 테이까.

아침 식사를 하고 간단한 짐을 꾸리고(김밥, 물, 오이, 귤, 단감) 걷기 편한 복장으로 집을 나선 시간은 오전 9시 30분이었다.

8살 생일을 맞은 딸아인 집에서 숙제도 하고 TV도 보고 야후꾸러기에 들어가 놀기도 하다가 혼자 전주역에 가서 4시 40분 기차표를 사서 타고 5시 15분 익산역에 도착하기로 했다. 그 시간에 엄마랑 오빠가 역에 와 있으면 만나서 할머니 집으로 같이 가고 아직 오지 않았으면 먼저 할머니 집으로 가라고 서로 약속을 하고서…….

참고로 우리 집은 그때 전주역에서 걸어서 15분 정도 거리에 위치하고 있었다.

전주 우아동에서부터 걸어서 익산 송학동까지……

'마라톤 선수는 42.195km를 2~3시간에 달리는데 우린 30여 km니까 충분히 걸을 수 있어. 달리는 것도 아니고 걷는 건데 뭐. 설마 성공 못 하랴.' 하는 생각으로 결의를 다지면서 한 발 한 발 걸어 나아갔다.

긴 구간이 자동차 도로여서 갓길 도보를 피할 수 없기에 마스크도 장갑도 착용했다.

회사의 긴급 상황으로 출근해야만 하는 애들 아빠는 군대 행군 때처럼 50분 걷고 10분 쉬면서 페이스 조절 잘해서 꼭 성공하라고 말하며 화이팅을 외쳐주었다.

사실 나는 군대를 갔다 왔지만 행군은 못 해봤다.(여군은 행군이 없으니까)

1시간 50분을 걷고 나니 전주 시내권을 벗어났다.

잠시 쉬면서 귤을 하나씩 까서 먹고, 시끄러운 차로를 벗어나 논둑길을 걸었다.

추수를 끝낸 볏짚단이 쌓여 있었다.

내 어린 시절 추억 속에도 바람을 막아주는 볏짚단이 있었다. 볏짚단을 쌓아놓은 곳 양지바른 쪽에서 언니랑 놀던 기억이 따뜻하게 떠올랐다. 그 어릴 적 이야기도 아들에게 들려줘 가며 화훼단지의 비닐하우스 밭 사이를 지나기도 하고, 전주천 하류의 뚝방 길을 걸었다. 넓은 냇가에 청둥오리 떼와 은빛 갈대, 억새들이 조화를 이루며 아름다운 늦가을 풍경을 연출하고 있었다. 햇살에 반짝이는 물결 또한 어느 드라마 속 한 장면보다도 더 아름다웠다.

다리를 건너니 행정구역상 삼례다. 경치 좋은 비비정에 올라갔다.

전주 시냇가 시야 가득 펼쳐져 있었고 근사한 전주 월드컵 경기장이 손에 잡힐 듯 가까이 내려다보였다. 이런 경치를 바라보며 미리 준비한 점심 김밥을 먹고 잠시 휴식시간을 가졌다.

"생각보다 다리가 아프네. 뛰는 것도 아닌데."

"그래도 포기하지 말고 꼭 걸어서 익산까지 가자. 성공하자. 종민아!"

아들에게 "파이팅!!" 하고 힘을 실어주며 격려하고 다시 출발했다.

추수 끝나고 파종한 보리가 벌써 파릇파릇 싹이 나 있었다.

"엄마, 다른 식물들은 봄에 새싹이 나잖아요. 우리도 봄에 새싹이 난다고 배웠구요. 그런데 왜 보리는 봄도 아닌 추운 겨울을 앞두고 새싹이 나는 거예요? 여린 싹이 겨울 찬 기온에 얼어 죽지 않을까요?"라는 질문도 했다.

만약 그렇게 걸어서 익산까지의 체험을 하지 않았다면 그런 질문은 생각지도 못 했겠지……. 질문에 답도 해주면서 그 보리밭 사잇길로도 걷고, 도로 닦으려고 자갈 깔아놓은 시골 동네 앞길로도 걷고, 쉬다……걷다……쉬다……걷다……를 반복하면서 익산을 향해 거리를 좁혔다.

걷는 것이 생각보다 쉽지 않다고 자꾸만 반복해서 말했다. 너무 힘들다고 징징거리기도 했다. 가도 가도 끝이 없다고 투덜대기도 했다.

"초등학교 6학년 때 엄마와 목적지를 놓고 하루 종일을 걸으며 이야기 나누는 친구가 몇이나 되겠니?"라고 말했더니 아이는 가만히 생각해보고 이내 마음 다잡고 다시 걸었다.

"힘들어도 참고 견디며 극복하면서 지속적인 실행을 하면 반드시 원하는 결과가 나오고 그 결과에 따른 기쁨이 찾아온단다." 나는 이야기했다.

물소리, 바람 소리, 새소리, 자연의 소리를 가까이 온몸으로 들으면서 걸었다.

한발 가까이 다가가 자세히 들여다보면서 걸었다.

자동차의 고마움을 깨달으면서 걸었다.

우리들의 생활 속에서 빠름과 느림을 보고 느끼고 체험하면서 걸었다.

뉘엿뉘엿 해가 저물어가는 시간에 익산 시내권에 도착했다.

어두움이 밀려와 불빛이 하나둘 생겨나는 시간, 익산 할머니 댁에 도착한 시간이 거의 6시가 다 되고 있었다. 가도 가도 끝이 없다고 했지만 걷고 또 걸으니 목적지에 도달했고, 전주에서 익산까지 길 위에 우리 모자의 발자국을 남기는 프로젝트는 성공했다.

중도 포기하지 않고 끝까지 걸어서 도착한 아들이 대견스러웠다.

걱정하실까 봐 할아버지 할머니께는 걸어서 간다고 말씀을 드리지 않았다.

도착해서 이렇게, 이렇게 왔노라고 했더니 "우리 손주 장하다." 하시며 크게 칭찬해 주셨다.

한편 전주에 두고 혼자 익산에 오기로 한 딸은 곁에 사는 언니와 형부가 어린 딸아이 혼자 어디를 가게 하냐며 사촌 언니인 5학년 혜빈이를 동행해서 보냈다.

8살 생일날 특별한 경험(혼자서 기차여행)을 하게 해주려 했는데 계획이 변경되었다.

그래도 초등학생인 사촌 언니랑 기차 타고 둘이서 익산 온 것도 특별한 경험이 되었을 것이다.

할머니 댁에 도착해서 여정을 풀었다. 생일 축하 케이크를 사 가지고 퇴근한 애들 아빠와 더불어 온 가족이 즐거운 생일파티로 하루를 마감했다. 우리 가족 모두의 기억 속에 잊지 못할 추억의 날로 남아있는 지난 2006년 11월 11일 이야기이다.

다시 한 번 그날을 떠올려본다.

초겨울에 들어선 날씨가 제법 쌀쌀해 찬바람이 스산하게 불었고, 온전한 도보길이 아닌 까닭에 자동차가 씽씽 달리는 도로로 걸어야 하는 위험스러움도 있었다. 그러나 포기하지 않고 목적지인 할머니 댁에 잘 도착한 아들, 어른 없이 익산행 기차 타고 할머니 댁에 잘 찾아온 딸, 새로운 도전의 시간을 값지게 기억할 것이다.

그 후 얼마 지나지 않아 제주 올레길을 시작으로 슬로우시티, 지리산 둘레길, 부안 마실길, 군산, 옥산 구불길 등등 여러 지역에 도보길이 생겨나 많은 사람들에게 폭발적인 인기를 끌고 있으며 지금도 지역에 알맞은 이름은 가진 도보길은 많은 사람들이 찾고 있다.

내가 생각했던 그리고 아들과 함께 체험했던 길 위 이야기가 이제 많은 사람들에게 코스가 되어 더 멋진 이야기를 만들어 주고 있다.

정해진 코스도 좋지만 내가 만들어가는 길 위의 이야기도 의미가 있다.

아들에게 초등학교 졸업을 앞두고 무언가 의미 있는 일 하나 정도는 계획하고 도전해서 결과물을 만들어 놓아야지 해서 시작한 '전주 ⇒ 익산 걷기' 프로젝트. 지금 생각해도 참 잘한 일인 듯해 가슴 뿌듯하다.

조훈현의 고수의 생각법에서 가장 가난한 부모는 돈이 없는 부모가 아니라 물려줄 정신세계가 없는 부모라고 했다. 나는 그 문장을 오래 마음에 담았다. 나는 자녀와 함께한 추억을 떠올리며 나눌 이야기보따리가 없는 부모도 가난한 부모라는 생각이 든다.

엄마의 역할 중 하나는 아이들이 엄마가 끊임없이 반복하며 주문하는 것 한 가지쯤은 꼭 기억할 수 있도록 해야 한다. 엄마의 생활 자세(올바른 의식, 기록하는 습관, 시 외워 낭송하기, 고전 낭송하기, 좋은 문장 외우기, 느리게 책 읽기, 정리 정돈, 이웃과 나눔, 긍정적인 마음 갖기, 계획된 여행과 후기 쓰기, 자원봉사, 타인을 이롭게 하는 삶, 감동 주는 삶, 어떠한 경우에도 화내지 않기, 부부 싸움 하는 모습 보이지 않기, 아침 시간 관리, 목표 세우고 반복 실행하기, 바르게 칭찬하기, 근검절약, 부지런함, 매일 운동하기, 감사하는 마음 갖기, 적극적인 태도 등등) 중 한 가지 정도는 꼭 보고 배울 수 있도록 하는 것, 그래서 아이들 스스로가 깨닫고 자신의 삶 속에서 아름다운 꽃을 피우며 자신의 길을 잘 열어 갈 수 있도록 하는 것이다. 이는 엄마로서 자녀들의 삶 속에 에너지를 넣어주는 일, 조력하는 일이라고 생각한다.

딸 은혜, 초등학교 2학년 때 기차 타고 혼자 순천 다녀오기

딸 은혜가 초등학교 2학년 때, 나는 전남 순천에 사는 친구 은주네 집 엘 딸아이 혼자 보내기로 계획했다. 친구 은주에게도 은혜와 나이가 같은 딸아이가 있었다. 우리는 여름방학에 한 번 겨울방학에 한 번 일 년에 두 번을 정기적으로 만나는 오우회 멤버였다. 정기적으로 만나는 것 말고 토요일 날 은혜 혼자 순천에 가서 하룻밤을 자며 희수와 놀다가 일요일 날 순천에서 전주로 혼자 돌아오고, 우리 은혜가 그렇게 하고 나면 은주 딸 희수도 순천에서 여기 전주에 와서 하룻밤을 자고 은혜랑 놀다가 다음 날 다시 순천으로 돌아가는 프로젝트를 만들었다.

전주역까지 엄마가 동행하고 순천역에는 친구 은주가 나와서 기다리고 있다가 만나는 상황이기에 그다지 어려운 것도 아니다. 생각하면 별 것 아닌 것 같지만 시대가 험하다 보니 한편으론 마음을 굳게 먹어야 한다. 행여 기차 안에서 무슨 일이 생기면 어쩌지? 잠들어서 순천역에서 못 내리고 종점까지 가면 어떻게 하지? 그러나 모두 우려는 우려다. 한 번 가도록 해보자.

전주역에 도착해서 기차표를 사기 전에 전주역에서 순천역까지는 몇 정거장인지를 세어보게 한다. 내려야 할 순천역이 몇 번째인지를 알게 함은 스스로 내려야 할 역을 기억하라는 의미에서다. 나는 아이가 어렸을 때부터 혼자서도 잘해야 함을 자주 이야기했었다. 설령 엄마와 기차를 타고 동행한다 하더라도 만일 혼자 탔을 때를 대비해서 어떻게 행동하면 좋을지를 이야기해주었다. 그리고 은혜 스스로 혼자 탔다고 생각하고 어떻게 할지 이야기해 보게 하곤 했으므로 걱정은 붙들어 매두고 계획된 날 혼자서 출발시켰다. 아이에게는 휴대전화기가 없었기에 창밖으로 보이는 역의 모습이 같은지 다른지도 살펴보기도 하다가 기차 내에서 "이번 역은 순천역입니다."라고 방송하면 내릴 것을 당부했다.

아이는 순천역에 잘 도착해서 은주와 그녀의 딸이자 우리 은혜 동갑인 희수를 만나 즐겁고 재미난 시간을 보내고 다음 날 전주로 돌아왔다.

순천에 가서 기적에 도서관을 둘러보며 책도 읽고 여러 가지 만들기 놀이도 하고 해리포터 놀이를 하며 빗자루를 타고 놀기도 하고 생생한 이야기들이 사진으로 남아 지금도 우리에게 웃음과 추억을 선물하고 있다.

또 다른 날에는 순천 사는 희수가 우리 은혜와 똑같은 방식으로 여기 전주에 와서 은혜랑 함께 피자도 직접 만들어서 먹고, 비즈 공예전문가인 최혜영 선생님의 지도로 주얼리 만들기 체험도 하여 예쁜 목걸이를 만들었다. 전주 덕진공원도 데리고 가서 희수네 엄마 아빠가 어쩌면 한번쯤을 남겼을 발자국(희수 엄마 아빠는 전북대 출신이어서 전북대를 울타리 하나 사이에 두고 있는 덕진공원에 왔으리라 생각하고)을 따라 걷게 하기도 하면서 즐거운 시간을 보내고 순천으로 보냈다.

아이들을 감싸고 키우는 엄마들은 나를 보고 여군 출신이어서 대범하다느니 간뎅이가 부었다느니 하는 표현을 한다. 나는 여군 출신이여서 대범한 것도 아니고 간뎅이가 부은 것도 아니다. 다만 아이들이 스스로 할 수 있는 나이가 되면 스스로 해 보도록, 체험할 수 있도록 그 기회를 엄마로서 만들어 준 것이다.

그렇게 한번 다녀오고 나면 아이는 부쩍 성숙해진다. 몸도, 마음도, 생각도, 행동도.

아이들에게 주는 엄마표 상장

딸 은혜가 초등학교 6학년 때 그리고 아들 종민이가 고등학교 2학년 때의 일이다.

네이버 카페 국자인 회원인 나는 소소한 일상을 가끔씩 회원들과 함께 공유하곤 했었다.

우리 딸 은혜는 손이 작고 예쁘다. 조각 같이 예쁘다. 우리 은혜만큼 예쁜 손을 만나본 적이 없다. 나는 그 예쁜 손을 자주 어루만져주고 자주 뽀뽀해 준다. 아마 나처럼 딸 손에 뽀뽀를 많이 해주는 엄마도 없을 것이다. 우리 모든 사람의 신체 중 어느 것 하나 중요하지 않은 게 없지만 손의 중요함은 말할 나위가 없다. 손은 눈과 같은 존재이기도 하고 손은 입과 같은 존재이기도 하다.

그 예쁜 손으로 어버이날 십자수 카네이션을 만들어 엄마 아빠 가슴에 달아 줬다. 얼마나 사랑스럽고 예쁜지 감동 그 자체였다. 자랑하고 싶었다. 내 가슴에 핀 카네이션 한 송이, 십자수로 만든 꽃, 사진과 함께 딸아이 이야기를 올렸다.

제목은 〈어버이날 십자수 카네이션〉이라고 정했다.

글을 올리고 나니 회원들이 "기특하다. 예쁜 딸이다. 감동이다. 사랑스럽다. 부럽다."라는 수십 개의 댓글을 남겼다.

당시 국자인 카페에 올렸던 글이다.

〈어버이날 십자수 카네이션〉

어제는 어버이날

초등학교 6학년인 딸아이한테 받은 십자수 카네이션입니다.

고등학교 2학년인 아들한테 더 많은 신경을 쓰다 보니

늘 엄마는 오빠만 많이 생각하고 위해준다고 곧잘 질투하던 딸아인데요,

학교에서 특별활동 시간에 십자수부에 들어가 활동하더니

첫 작품으로는 '차량용 전화번호 새김 주차쿠션'을 만들어 선물해주었답니다.

"우와~ 은혜가 엄마보다 더 솜씨 있네. 고마워."라고 칭찬하고서

차에 잘 달고 다니고 있었습니다.

그리고 어제 어버이날에는 오래전부터 준비했을

손수 한 땀 한 땀 수놓아 만든 카네이션 꽃을

엄마 아빠 가슴에 각각 한 송이씩

꽃 뒤에 양면테이프 처리해서 떨어지지 않도록 해서 달아주었습니다.

가슴을 빛나게~

마음을 찡하게~ 해주었답니다.

"∼∼엄마 아빠 감사합니다. 어버이날 축하드려요!" 하면서 말예요.

국자인 엄마들께 딸아이의 기특한 정성과 사랑을 담은 작품을 보여드리고 싶어서 올립니다.

은혜가 만들어준 십자수 카네이션

내가 올린 국자인 카페 글에 남긴 댓글들

아이들은 학교를 다니면서 크고 작은 상들을 받는다. 성적우수상이나 선행상, 모범상 그리고 특별한 표창장이 그것이다. 그러나 아빠, 엄마 이름으로 수여한 칭찬상장을 받은 아이들은 몇이나 될까? 아빠, 엄마의 이름으로 주는 칭찬상장은 매우 의미 있다고 생각했으며 지금도 그렇게 생각한다. 은혜한테서 예쁜 수제 카네이션을 받은 다음 가정의 달 5월이 가기 전 특별한 이벤트를 만들었다. 엄마표, 아내표 칭찬상장 수여식을 하는 것이다.

지금 그 상장 사진을 보면 서툴고 세련되지 못했다.

그러나 그때는 나름 최선의 정성을 들인 나만의 솜씨였다. 아이들에게 자아존중감을 키워주고 스스로 잘한 것에 대한 칭찬을 입으로만 하는 것이 아니라 눈에 보이고 손에 만져지고 오래 간직해도 될 칭찬 결과물을 수여함으로 아이들이 바르게 성장하도록 돕는 조력자 엄마로서의 자리를 바르게 하고 싶었다.

〈가정의 달, 이벤트〉

푸르른 초록 속에 빨간 장미꽃, 하얀 아카시아 꽃, 연노랑 감꽃, 오월의 꽃들은 향기가 좋습니다.

사방을 둘러봐도 싱그럽고 아름다운 자연의 빛깔들로 출렁입니다.

가정의 달 오월, 언제나 오월이 오면 마음이 설렙니다.

아이들에게 사랑을 표현할 수 있는 어린이날 5일과 부모님께 감사와 사랑을 표현할 수 있는 어버이날 8일, 선생님이나 멘토님들께 감사와 존경을 표현할 수 있는 스승의 날 15일과 지구상에 수십억 명의 사람들 가운데 배우자로 만나 희.노.애.락을 함께하는 인생의 짝궁에게 사랑과 고마움을 표현할 수 있는 부부의 날 21일 그리고 짝궁 남편의 생일 24일이 있는 달이여서 그렇습니다.

작은 마음으로 선물을 준비하고 선물을 전해줄 수 있어 마음이 참 흐뭇하거든요.

여건이 된다면 이벤트를 만들어 깜짝 파티도 한답니다.

올해는 감사상장과 칭찬상장을 준비하여 시상하기로 계획했습니다.

큰아이가 작년에 고등학교 입학하면서 공부 잘하고 싶은 마음에 잠을 너무 줄이다 보니 많이 아파서 거푸 병원 신세를 졌었는데 2학년이 되면서 아프지 않고 중간고사를 잘 치렀습니다.

칭찬해주고 싶었는데 아이들 아빠 생일을 맞이하여 하면 좋겠다는 생각이 들었습니다.

늘 적극적이고 솜씨 좋은 작은아이도 칭찬해주고 싶었습니다.

물론 케이크는 솜씨 좋은 작은아이가 만들었답니다.

가족들의 칭찬거리는 찾아볼수록 아주 많답니다.

상장 속에 넣을 내용을 만들고 컴퓨터로 상장 폼을 다운받아 출력했습니다.

도장을 새길 수 없어 빨간 펜으로 썼더니 조금은 어설픈 게 흠이지만 핸드메이드 느낌이 나서 오히려 정감이 있네요.

문방구에 가서 코팅을 하니 그럴싸하게 완성되었습니다.

딸아이가 손수 만든 아빠를 위한 생일 케이크 커팅 후 시상식을 했습니다.

남편과 아이들이 겸연쩍어하면서 어찌나 좋아하든지요.

아이들 칭찬상 부상으로는 금색 봉투를 만들어 상금 5만 원과 3만 원을 넣었습니다.

남편에겐 초콜릿을 예쁘게 포장해서 준비했습니다.

이를 계기로 더 큰 꿈을 향해 나아갈 수 있을 거라 격려하며 긴 대화의 시간을 가졌습니다.

국자인 엄마들도 한번 가족 이벤트 계획해서 열어보시길……

상장 – 최고 남편 멋진 아빠 – 이호세

상기인은 평소 가족을 위해 회사에서 열심히 일하고 집에 돌아와서도 아내를 위해 집안일을 도와주며 아들의 진로를 위해 정보를 탐색하여 전해주고 딸과 함께 음악을 공유하며 즐거운 시간 보내주심에 감사드리며 이 상장을 드립니다. [아내 서윤덕]

상장 – 목표 성취 전교 1등 – 이종민

위 학생은 고등학생으로서 품행이 단정하고 건강을 잘 관리하여 자신이 세운 계획을 성실히 수행하여 꿈과 목표를 당당히 이루어냈기에 축하박수를 보냅니다. 또한 중간고사에서 우수한 성적을 냈으므로 우리 가족 모두 기뻐하면서 아빠 엄마가 이 상을 수여하며 크게 칭찬합니다. [아빠 이호세 엄마 서윤덕]

상장 – 글짓기와 발표 손 솜씨 – 이은혜

위 어린이는 평소 책을 열심히 읽고 글쓰기에 출중한 실력을 갖추어 이번 새만금 글짓기에 우수한 작품을 내어 반 대표작으로 선발되었으며 또한 학부모 참관 수업 시간에도 우수한 발표 실력으로 기자 역할을 수행하였으며 특히 탁월한 손 솜씨로 십자수 주차쿠션과 어버이날 십자수로 만든 근사한 카네이션 꽃 선물에 아빠 엄마 를 기쁘게 해 주었으므로 이 상을 수여하며 크게 칭찬합니다. [아빠 이호세 엄마 서 윤덕]

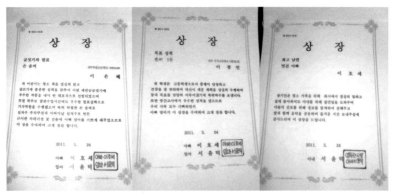

직접 만든 엄마표, 아내표 상장

〈가정의 달, 이벤트〉 글에도 많은 회원들이 "보는 것만으로도 흐뭇하다. 부럽다. 멋 진 아이디어다. 배워 간다." 등의 댓글을 남겼다.

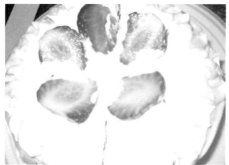

딸이 만든 축하 케이크

느티나무 2011.05.29. 17:56 → 답글 　　　　　　　　　　　　　　　　　신고
와~~~무 정말 멋지세요~~~가족들이 넘 행복한 시간들이었겠네요~~~
엄마의 지혜가 돋보이는 아이디어~~~모두모두자신감이 UP 되었겠네요~~
저희도 시도해봐야겠네요~~~

무적 2011.05.29. 22:05 → 답글 　　　　　　　　　　　　　　　　　신고
흐흐이 찡해지네요. 멋지십니다.

비단 2011.05.29. 22:11 → 답글 　　　　　　　　　　　　　　　　　신고
며칠 전에 저희 아이가 "꼴찌여서 못한다고 말 안해도 알고 있어요. 저도 잘 하려고 노력중이어요. 그러니 잘하고 있다고도
얘기해 주세요." 하더군요.
그런데 이렇게 상장을 만들어서 아이의 사기를 올려주는 가정도 있군요.
저도 본받겠습니다.

길쭉이 2011.05.29. 22:16 → 답글 　　　　　　　　　　　　　　　　　신고
보기 좋은 가족이에요^^ 아이들의 자긍심이 쑥쑥 자라겠어요~
괜지 제남편에게 미안한 마음이 ... 좋은 아이디어 얻어 갑니다

알그미야 2011.05.30. 00:36 → 답글 　　　　　　　　　　　　　　　　　신고
완전 부럽습니다. 아이디어도 너무 좋구요.
5월이면 가정의 달이지만 조금은 힘들다고 생각했는데 정말 좋은 엄마시네요.
이벤트 잘 보고 배웁니다.

국화꽃님 2011.05.30. 06:19 → 답글 　　　　　　　　　　　　　　　　　신고
보는 것만으로도 흐뭇하네요. 늘 화목한 가정되세요.

짱 2011.06.08. 18:49 → 답글 　　　　　　　　　　　　　　　　　신고
엄마께서 상을 받으셔야겠는데요...보기 참 좋으네요..행복하네요^

퍼플오션 2011.05.30. 11:54 → 답글 　　　　　　　　　　　　　　　　　신고
멋진대요...보기 좋습니다...행복이 넘치는 가정이네요

수수깡 2011.05.30. 13:00 → 답글 　　　　　　　　　　　　　　　　　신고
저도모르게 입이 함박만하게 벌어졌습니다. 정말 행복한 가정입니다.저도 배워 갑니다!!

MARINESJ 2011.06.16. 00:06 → 답글 　　　　　　　　　　　　　　　　　신고
무와 멋져요 !! :-D

카페에 올린 글에 달린 댓글

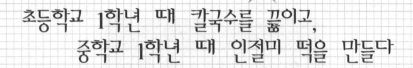

초등학교 1학년 때 칼국수를 끓이고,
중학교 1학년 때 인절미 떡을 만들다

어떤 부모가 자기의 아들을 듬직하다, 딸을 어여쁘지 않다 할까마는 나에겐 아주 특별한 아이가 바로 딸이다. 딸아이를 낳기 3년 전 나는 태중 7개월 된 아이를 사산한 경험이 있었다.

말이 사산이지 자칫 나의 생명과 바꿀 뻔한 위험한 상황이었다.

그때 의사 선생님이 말했다. 아이를 낳으려면 아주 신중하게 선택해야 하며 산모를 생각해서는 더는 아이를 낳지 않음이 좋다고 이야기했다.

그래서 둘째 아이 출산은 마음을 접었었다.

그런데 세월이 지나 큰아이가 유치원에 들어가자 계속 동생이 필요하다고 졸라댔다.

동생이 없으니 유치원도, 교회도 안가겠다고 고집했다.

우리 부부는 아이를 달래느라 "그래, 그래~ 동생 낳아 줄게"라며 약속을 하고 말았다.

의사 선생님 말씀 따라 신중하지 않을 수 없어 우리는 아주 철저하게 계획했다.

주위 환경과 마음 그리고 건강한 몸을 준비하면서 신앙생활을 하고 있는 나는 사십 일 작정기도를 시작했다.

마지막 사십 일째 되던 날에 너무나 선명하게 응답받았다. 목사님의 안수기도를 통하여 들려오는 소리 "딸아, 너에게 새 생명이 있을지어다." 아무에게도 말하지 않고 작정기도를 시작했는데 어쩌면 그렇게도 정확한 응답인지 나는 마음이 평안해졌다.

그날 이후 우리 부부는 함께 마음을 모아 건강한 아이 잉태를 위해 기도했다.

건강한 나는 곧 임신이 되었다. 그런데 입덧이 너무 심해서 아무것도 할 수가 없었다.

시부모님께선 집안에 좋은 공기 가득하라고 정원과 후원에 마침 깊은 산속에서 출하하고 있는 황토를 두 트럭이나 사서 뿌림으로 깊은 산속 좋은 공기와 함께 땅심을 돋워 주셨다. 계속 이어지는 헛구역질과 약해져버린 비위 때문에 전혀 음식을 먹을 수 없어 링거로 영양을 공급받으며 어렵게 임신 초, 중기에 태중 아이를 지켜냈다. 거의 누워 지내기만 하면서 녹음테이프를 돌려가며 유익한 강의를 듣고, 기력이 조금씩 날때는 성경 잠언서와 시편 신명기서 그리고 사복음서를 필사했다.

어렵게 열 달을 채워 친정 남원에 가서 딸아이를 출산했다. 건강한 딸아이였다. 얼마나 작고 예쁜지 친정 엄마는 "영락없이 인형 같구나."라고 말씀하셨다.

딸아이는 초등학교 입학할 때까지도 너무 작아서 두 살 아래 아이들하고 비교되곤 했다.

먹는 것도 병아리 모이만큼 조금씩 먹으니 성장이 더뎠다.

그런 딸아이의 초등학교 일학년 때, 엄마들은 오후예배를 가고 또래 아이들끼리 우리 집에서 놀고 있으라던 날이었다. 대부분의 여자 어린

아이들은 인형놀이 혹은 엄마놀이를 한다. 그런데 이 아이들이 실제로 주방에 있는 밀가루를 반죽하고 멸치국물을 내서 칼국수를 끓였던 것이다.

"아니, 어떻게 어린아이들이 위험한 칼을 사용하고 가스 불을 사용해서 음식을 완성했니?"

놀랍기도 했지만 한편으론 나에게 신선한 충격이었다. 비록 주방이 하얀 밀가루로 아주 정신없이 어질러져 있었을지라도 완성된 칼국수, 간을 잘 맞춰 맛난 퍼진 칼국수(내가 늦게 와서 국수는 퍼져 있었음)를 먹으면서 나는 "정말 맛도 좋게 잘 만들었네.", "실제로 칼국수 만들기를 실행했음이 대견하구나."라고 칭찬해주었다.

나의 기억 속에 그때 칼국수는 아마도 영원히 잊지 못할 것이다. 삼학년이 되면서 요리에 더욱 관심이 많아지고 곧잘 음식을 만들기도 하면서 딸아이 입맛에 좀 맛있다 싶은 음식을 잘 먹었다. 오 학년이 되면서 부쩍부쩍 크기 시작했다. 아이들은 먹는 만큼 자란다. 자라는 모습, 크는 모습이 눈에 보였다.

지금은 고등학교 일 학년인데 엄마인 나보다 키는 더 크다. 일백 육십오 센티미터 정도 된다. 내 사랑하는 딸 은혜는 앞으로도 조금 더 클 것이라 생각한다. 일백 칠십 센티미터까지.

우리 가족은 텔레비전 프로그램을 체크해서 계획 시청을 한다. 나는 아예 티비 시청을 하지 않지만 딸아이는 계획 시청을 하는 편이다. 계획 시청하는 프로그램 중 하나가 요리 프로그램이다. 지금은 음식 만드는 프로그램들이 선풍적인 인기를 끌고 있어 이 방송국 저 방송국 채널마다 요리 프로그램이 신설되어 시청률이 좋고 남녀노소 구분 없이 거의 요리 프로그램을 즐겨보며 따라 해 보는 것이 대세를 이루고 있다. 쉬운 요리, 다시 말해 요리 경험이 전혀 없는 남자들도 쉽게 따라 하는 프로그램도 선보인다. 다양한 요리책들이 발간되며, 주방용품업체가 30%의 성장률을 보이고 있다는 보도가 이어지고 있는 요즈음이지만 아이 어렸을 때는 요리 프로그램도 그다지 많지 않았었다. 그런데 우리 은혜는 이미 2010년 『4천만이 검색한 오늘의 요리』라는 책이 발간되었을 때 주부인 엄마보다도 먼저 그 책을 알고 사달라고 졸라서 사줬었다.

음식이나 요리에 관심이 많은 딸, 그랬으니까 그때 초등학교 1학년 때에 칼국수를 끓였었겠지. 아이는 음식에 관심이 많은 만큼 음식 만드는 것을 두려워하지 않고 만들어 본다. 텔레비전 볼 때 드라마에서 맛있는 음식 먹는 장면이 나오면 그것이 무슨 요리인지 검색해보고 할 수만 있다면 그 요리를 해 보는 아이였다. 어린아이가 따라 하는 솜씨치고는 맛도 아주 제법이었다. 사람은 누구나 타고나는 재능이 있는데 아마도 우리 아이는 요리를 타고나지 않았나 싶다.

음식 만들기를 아주 좋아하는 아이에게 엄마인 나는 아이 사 학년 때 딸아이 전용 오븐과 쿠키 틀과 튀김기를 사줬다. 아이는 무척 좋아했다. 쿠키를 만들어 학교 담임선생님과 친구들에게 가져다주곤 했다. 아빠, 엄마 생일에는 케이크와 피자를 만들고 가끔씩 아니 자주 집에서 쿠키 굽는 냄새가 솔솔 풍겨나게 했다. 집에서 쿠키 굽은 냄새가 나는 경험을 해보신 분들은 알 것이다. 그 향긋하고 먹음직스런 냄새가 사람을 얼마나 행복하게 하는지. 나는 쿠키를 좋아하지 않는다. 그럼에도 온 집안 가득한 쿠키 굽는 냄새는 참 좋았다.

나는 엄마이고 주부였지만 국수와 라면을 끓인 적은 있어도 딸아이처럼 쿠키를 굽거나 피자를 만들거나 반죽을 해서 수제비를 만들거나 닭고기 튀김을 손수 해 본 적이 없었다.

같은 또래 아이들의 손을 비교해 보면 우리 아이의 손은 유난히 작다, 작으면서도 아주 예쁘다. 손 전문 모델 손도 우리 아이 손만큼 예쁘지 않다. 그 작고 예쁜 손으로 어찌나 야무지게 잘하는지 오물락 조물락 하는 것을 보고 있노라면 참 대견스럽기까지 했다.

긴 머리를 질끈 동여 묶고 온전히 음식 만드는 행동에 집중한 것을 보고 있노라면 아이 콧잔등에 땀방울이 송골송골 맺힌 게 보인다. 누가 시켜서 한다면 저렇게 못 할 것이다. 아이 스스로가 좋아서 하니까 저런 열정이 생기는 것이다.

엄마인 나는 이름도 알지도 못한 이탈리아 요리 스파케티도 척척 만들어낸다.

중학교 1학년 여름 팔월 십사일에 있었던 일이다.

일어나 주방에 가니 쌀을 불리고 있는 중이었다. 아마도 전날 밤에 아이가 담궈 놓고 잠든 모양이었다.

'무슨 쌀을 저리 많이 담가놨지?' 하며 무심결에 보고 아이가 또 무언가를 하려나 보다 하고 생각하고 남원에서 강의 일정이 있어 일찍 집을 나섰다.

다음 날이 광복절이라 서울에 사는 시누이와 조카가 친정이자 외가, 그러니까 나에게는 시댁인 익산에 온다는 연락을 받았었던 터라 남원에서 강의를 마치고 서둘러 익산으로 갔다.

아이는 아침에 내가 집을 나간 다음 일어나 미리 담가 불려 놓은 찹쌀로 밥을 해서 절구통을 찾아도 없으니(절구통의 위치를 알고 있는 엄마는 그때 강의 중이어서 전화 통화가 안 됨) 위생팩에 밥을 넣고 둥그런 국자 뒤로 짓눌러 찧어서 약간 어설픈(?) 인절미 떡을 해서 가지고 익산에 갔었고 그 떡 이야기로 꽃을 피우고 있었다.

딸아이 자신이 인절미 떡을 좋아하니까 한번 만들어 보고 싶었는데 마침 엄마가 사다 놓은 5kg 찹쌀 봉지가 눈에 띄어서 한번 해야지 생각을 했었단다. 인터넷에서 레시피를 찾아 밥할 때 미리 소금으로 간하고 전날 마트에 가서 볶은 콩가루를 사서 준비해 둔 후 나름 그럴싸하게 인절미를 완성했고 친척들이 온다 하니 적은 양이긴 하지만 손수 만든 떡을 가지고 기차를 타고 익산으로 가져갔던 것이다.

아이의 고모 그러니까 나의 시누이는 정말 놀라워하며 말했다.

"어떻게 중학교 1학년 여학생이 인절미 떡을 할 생각을 했니? 이걸 엄마가 시켜서 하라 했으면 했겠니? 네가 좋아서 스스로 하고 싶었으니까 했지." 하면서 아주 맛도 좋고 잘 만들었다고 칭찬하며 대견스러워했다. 그날 우리 가족은 딸아이가 만들어 온 인절미를 먹으며 즐거워했다.

나는 이런 적극적인 자세를 좋아한다.

자기가 하고 싶은 일을 거침없이 하는, 아니 스스로 해보는 자세를,

이런 우리 딸 은혜가 사랑스러워 자주 안아준다. 작고 어여쁜 손을 쓰

다듬어 주며 복된 손이다, 예쁜 손이다 칭찬해준다.

농부가 밭을 갈다가 뭔가 걸리는 게 있어 재차 더 깊게 파보니 엄청난 보물이 있었다.

그 밭은 옆집 농부에게 지난해 추수가 끝나고 일반적인 토지 매매가를 주고 샀던 밭이었다.

밭에 있던 보물은 그 밭 전체 매매 값하고 비교도 안 되는 엄청난 값이 나가는 보물이었다. 밭 깊은 땅속에 보물이 묻혀 있어도 그 사실을 모르면 그냥 농사짓는 땅일 뿐이다.

전 주인은 그 보물이 있는 사실을 몰랐으니 밭을 팔았을 것이다.

우리 모두와 자녀들 개개인 안에는 엄청난 보물들이 숨겨져 있다.

보물은 발견하기 전까지 보물이 아니다. 보물을 알아보고 발견하고 캐내야만이 보물인 것이다. 밭에 보물을 발견하기까지 밭을 가는 수고를 하듯 우리도 우리 안에, 우리 자녀 안에 보물을 발견할 수 있도록 좋아하는 것을 무작정이라도 해보게 하는 것, 때로는 면밀히 준비하고 계획하고 실행해 보게 하는 것이 아이들의 멋진 성장을 돕는 조력자 엄마의 태도라고 생각한다.

종민이는 2015년 1월 3주 일정으로 인도를 다녀왔다.

모든 것을 혼자서 계획하고 혼자서 수속을 밟았다. 먼저 다녀온 사람들의 이야기를 듣고 여행 후기를 써서 올린 글들을 읽고 책을 사서 보면서 철저하게 준비했다.

종민이가 인도를 가게 된 배경은 포스텍 선배님들이 모두 하나같이

지난 여름 종민이와 은혜 둘이서만 배낭여행을 다녀왔다.

인도에 배낭여행 가서 사막여행 중 아들 종민이

대학 시절에 반드시 '인도'만은 꼭 여행해 봐야 한다고 조언을 했기 때문이다.

종민이는 여행이 아주 유익했으며 너무나 많은 것을 깨닫게 되었고 왜 선배님들이 꼭 인도여행을 하고 오라고 했는지 알만했다고 말했다.

인도멘탈이 생겼다고 하면서 웬만한 어려움은 어려움으로 느껴지지 않는다고 말했다.

우리의 삶이 얼마나 감사하고 행복한지도 깨달았다고 한다.

인도를 여행하면서 중간중간 카카오톡으로 사진과 근황들을 보내오긴 했지만 돌아와서는 인도이야기를 몇 날 밤을 새워가며 재미나게 들려주었다.

인도를 다녀오고 나니 어디라도 갈 수 있다면서 여름방학엔 동생을 데리고 일본을 1주일 코스로 여행사 도움 없이 배낭여행으로 다녀왔다. 이제 아이들은 둘 다 자신의 설 자리를 알며 무엇을 해야 할지 아는 나이가 되었다. 든든하다.

멋진 조력자가 되려면 사랑의 관심을 가지세요

PART 3
....

아름다운 동행,
조력이야기

내가 아는 사람과 그 사람이 갖고 있는 상품에 대하여 홍보하는 도움을 손길을 건넸으며 경영성장에 자양분을 공급하고자 내 작은 힘을 보탰다.

그들이 없는 곳에서

그들의 상품을 알지 못하는 사람들에게

그들이 열정을 가지고 개발한 상품을 적극적으로 홍보한다.

내가 기쁘게 자랑하며 홍보하며 돕는 대표들과 그 상품들을 담아본다.

1. "단백질 혁명은 식단의 자주권입니다."를 외치는 귀뚜라미박사 UN FAO 대한민국 1호 이해당사자 & 벤처기업 239 대표 **이삼구**

2. '한복 입고 1,000가지 행동하기'를 실행하고 한복을 수출하는 청년 한복디자이너이자 한복전도사 손짱한복&리슬 대표 **황이슬**

3. '사람을 이롭게 사람을 즐겁게 하는 음식'을 외치는 약선음식전문가 감로헌&한국약선음식연구원 대표 **조현주**

열정 덩어리

인공무지개 특허시연 현장에서 이삼구 박사님과

토요일 새벽 독서토론을 마치고 독서클럽 회원들과 함께 아침 식사를 하면서 독서클럽 유길문 회장님에게서 이삼구 박사 이야기를 들었다. 공학 박사인데 요즘 곤충 귀뚜라미에 푹 빠져 있는 후배라고 했다. 대학 때부터 알던 후배인데 선택, 집중, 몰입에 대가였다고 했다. 영어 정복기를 이야기하면서 당시 텔레비전 채널을 돌리는 버튼을 아예 빼 버리고 CNN방송을 집중해서 몇 달간 듣더니 미국 사람보다 더 영어를 잘하는 사람이 된 과거 경험을 먼저 들려주며 지금은 곤충 귀뚜라미에 몰입해 있다는 것이다. 언제 어디서 누구를 만나든지 오직 귀뚜라미만을 이야기하고 모든 좌중을 귀뚜라미 이야기 속으로 빨려 들어가게 하는 후배라는 것이다. 대학교 교수이면서 UN에서 대한민국 대표로 활동하고 있다는 후배 이 박사는 향후 기후변화에 따른 식량난으로 식량전쟁 시대가 오는데 식량 전쟁시대에 고단백질을 다량 함유한 곤충이 식량난을 해결할 거라고 강하게 주장한다는 것이었다. 집에서 곤충들을 연구하고 귀뚜라미를 키워 시식할 수 있도록 선보이며 식용곤충 이야기, 식용귀뚜라미 이야기를 끝도 없이 한다고 했다. 비위가 약한 유 회장님은 귀뚜라미를 먹지 않으려고 이리저리 뺐었는데 결국엔 안 먹을 수 없어 한 마리를 먹기까지 이르렀고 먹어보니 그 맛이 괜찮더라는 이야기의 전반이었다. 누구든지 이 박사를 만나면 귀뚜라미를 꼭 먹을 수밖에 없는 그의 귀뚜라미를 향한 사랑과 열정 이야기를 했다. 그날 아침 나는 식사하며 들었던 이야기를 간단하게 써서 내 블로그에 올렸다. 캡처한 이삼구 박사 사진과 함께,

며칠이 지나지 않아 내 블로그에 이삼구 박사가 내가 올린 글 아래 댓글을 달았다. 이 박사는 신문기자와 인터뷰를 했고 그 기사가 나왔는지를 보기 위해 본인의 이름을 검색창에 썼는데 기사는 안 나오고 내 블로그로 연결되어 접속하게 되었다고 했다.

SNS에서 자연스러운 소통이 이루어지면서 카카오스토리를 방문했다.

스토리 안에 담겨진 사진 설명과 그 아래 지인들과 주고받은 댓글을 읽으며 유 회장님이 이야기한 것보다 열정에너지가 많고, 의식이 분명하며 국가관이 투철하다는 걸 알게 되었다.

카카오스토리 속에는 2012년 6월 6일 오마이뉴스 기사가 링크되어 있었다.

'1년 동안 15명의 유공자 인정 도움 준 교수님 인터뷰' 기사를 꼼꼼하게 읽었다. 꽤 긴 기사를 읽고 나니 의식 있는 사람 그리고 정의로운 사

람 그러면서도 아름다운 마음을 가진 사람이라고 느껴졌다.

어린 시절 상이군인들의 집합소였던 이 박사님 집에는 언제나 몸이 불편한 아버지의 동료분들이 가득했었다고 했다. 아버지는 6·25 한국전쟁 당시 국가를 위해 헌신했던 시간들을 회상하며 어린 아들에게 그때의 이야기를 자주 들려주셨다고 했다.

시간이 흘러 고등학교 때 사고로 아버지가 돌아가시고 국가유공자 현충원에 모시려고 하니 국가로부터 현충원에 안장될 자격이 되지 않는다고 거절당하였다고 한다. 열심히 공부해서 박사학위 취득 후 다시 아버지 유해를 현충원에 안장시키려 하니 서류 미비다 뭐다 해서 현충원에 안장이 바로 되질 않아 8년 동안이나 수많은 관련 정부기관을 찾아다니고 사실 확인서류를 개인이 찾아 증명하며 하나하나 찾아서 어렵게 어렵게 현충원에 안장할 수 있게 되었다고 했다.

이후 같은 상황으로 고민하며 고통받는 많은 사람들의 사연을 듣고 도움 주는 자원봉사 활동을 지금까지 하고 있다고 했다. 2015년 현재까지 현충원에 안장될 수 있도록 도와준 고인이 스물여섯 분이나 된다고 한다.

곤충 귀뚜라미를 연구하여 식용으로 사료로 우리나라 실정에 가장 적합함을 알리면서 한편으로는 이렇게 사회의 그늘지고 힘겨운 사람들에게 국가를 대신해서 시간 내고 정성 들여 그들을 돕고 그들의 소망을 이루어주는 일을 한다는 것은 높이 평가받아야 한다는 생각이 들었다.

누구나 자신의 핏줄에 대한 애착이 있다.

특히 우리 세대는 부모님에 대한 애틋함이 있다. 우리들의 부모님 세대는 정말 어려운 삶의 연속이었기 때문이다. 일제시대에 태어나 어렵게 생활하다가 6.25를 만나 거의 폐허가 된 조국의 산천에서 굶지 않기 위해 발버둥 친 세대이다. 4.19와 5.16을 지나왔고 새마을운동, 유신, 10.26, 서울의 봄, 군부 쿠데타, 민주화의 바람까지~ 질고의 삶을 사신 분들……. 아니 그 마저도 제대로 누리지 못하고 고생 고생만 하시다가 우리들의 곁을 떠나신 부모님……. 그 부모님들의 한이 있으면 자식 된 도리에서 조금이라도 그 한을 풀어 드리고 싶은 것이다.

한을 풀어 드리고 싶어도 관련 지식이 짧고 나의 여건이 허락하질 않아 그렇게 하지 못하고 있을 때 도움의 손길이란 이루 말로 표현할 수 없는 고마운 일일 것이다.

일반 사람들은 몰라서 못 할 일. 그런 소중한 일을 조용하게 실행하고 있는 이삼구 박사는 이 시대에 보석 같은 분이자 열정에너지 가득한 분이라고 생각되었다.

나는 나의 네이버 블로그 '감동언어전문디자이너' 지면을 할애해서 이 박사의 이야기를 적어 올렸다. 검색하는 사람들과 많은 교류는 아니어도 궁금함을 해소시켜준다는 의미에서 블로그 활동은 유익하다. 때로는 무언가를 알리기에도 아주 유익하다.

내가 궁금할 때 '인터넷에 검색해 봐야지'라고 생각하고 검색해보듯이 현대를 사는 많은 사람들은 궁금할 때 검색을 한다.

당시 이삼구 박사는

UN ISO(166회원국) TC23 16분과 대한민국 대표

UN ISO TC23 SC6 대한민국 최초 총회유치 – 만장일치로 프랑스 총회 통과

세계 최초 인공무지개(주간, 야간) 원천특허 등록 및 중국 특허출원 3건

6발달인 곤충 대량사육시스템/대량포집 특허 등 39건

세계 인명사전 Marquis Who's Who, ABI 및 IBC 등재

미등록 사망 국가 유공자 명예회복 자원봉사 7년

전북대 연구교수

위와 같은 경력을 갖고 있었다.

이삼구 박사는 UN에서 활동하면서 몇 년 후에 지구상에는 기후변화에 따른 대 가뭄과 인구증가로 식량난이 오며, 무기전쟁이 아닌 식량전쟁의 시대가 도래할 것이고, 식량전쟁의 시대에 곤충이 중요한 단백질원이 된다는 귀중한 자료를 보게 되었고, 이후 돌아와 곤충 귀뚜라미를 연구하게 되었다고 한다. 내가 좋아해서 즐겨 읽는 책, 30년쯤 소장하며 보는 오래된 책 중 임어당의『생활의 발견』이란 책이 있다. 원명은 '생활의 중요성'인데 종래번역자 일본 사람이 이름 붙인 '생활의 발견'으로 우리나라에 들어와 정착된 제목의 책이다. 이 책을 펼치면 서문에 앞서 명언 두 문장이 있다. 이삼구 박사를 알게 된 후 다시 생각이 났다.

사람이 도(道)를 닦는 것이지 도가 사람을 닦는 것이 아니다

－공자(孔子)－

세상 사람들이 바삐 서두르는 일을 한가로이 받아들이는 사람들만이 세상 사람들이 한가하게 하는 일을 바쁘게 서둘러 할 수가 있다.

-장조(張潮)-

아마도 이삼구 박사는 세상 사람들이 한가하게 생각하는 일을 바쁘게 서둘러서 연구하고 그 중요성과 결과물을 세상에 알리고 있지 않나 하는 생각이 들었다.

이삼구 박사의 경력을 알고 나서

나는 내 블로그에 '미래식량 귀뚜라미' 방을 만들어 이삼구 박사와 곤충 귀뚜라미 관련 글을 써서 올렸다. 작은 곤충 귀뚜라미가 식용으로 사료용으로 엄청난 부가가치가 있고, 앞으로 기후변화에 따른 가뭄으로 물 부족 사태에 단백질 공급원이 될 거라는 이야기를 써서 올렸다. 행사가 진행되었을 때에는 사진을 함께 첨부해서 올렸고, 많은 사람들에게 곤충은 미래식량이 된다는 걸 알리는 글을 썼다. 곤충을 먹는 시대가 온다는 것을 인식시키기 위해서였다. 글들을 한 편, 두 편 쓰기 시작하니 시간이 흐를수록 관련 자료가 점점 많아졌다.

누군가가 식용곤충산업이나, 식용귀뚜라미, 사료용 귀뚜라미를 검색하게 되면 내가 쓴 글, 나의 블로그에 올라와 있는 글이 열리게 되었다. 글을 보다가 궁금한 사람들은 바로 전화 연락을 해 온다. 이렇듯 블로그를 통해서, 내가 올린 글을 통해서 이삼구 박사와의 연결을 요청하는 일이 많아졌다.

'귀뚜라미 박사 하면 이삼구 박사', '이삼구 박사 하면 귀뚜라미 박사'의 공식이 성립될 수 있도록 매번 같은 키워드를 노출시키면서 글을 썼다. '곤충귀뚜라미산업 하면 239귀뚜라미'로 자리매김할 수 있도록 신경 쓰면서 글을 올렸다.

이삼구 박사의 나라 사랑하는 마음, 조국의 식량자주권을 외치는 소리를 전 국민이 들어주기를 바라면서 썼다. 의식이 분명한 이 박사의 귀뚜라미 사업이 번성하기를 바라면서, 이 박사의 바람과 같이 식용, 사료용귀뚜라미를 생산하는 농민이 많아지고, 생산자인 농민이 잘살고 행복해지기를 나도 함께 바라면서.

오마이뉴스에 인터뷰를 하고 있는 이삼구 박사

벤처기업 239 회사의 로고

국립현충원

제60회 현충일.

이삼구 박사와 동행하여 대전 국립현충원에 다녀왔다.

비석이 전후좌우 정확하게 줄 맞추어 세워진 묘역, 호국 영령님들이 잠들어 계시는 곳 현충원, 메르스가 퍼지고 있는 때라 추모하는 사람들이 많이 있지는 않았다.

비석 앞에는 태극기가 꽂혀 있었고 꽃 한 다발씩 놓여 있었다.

어느 비석에는 메달이 걸려 있었고, 어느 비석에는 사진이 놓여 있기도 했다. 장중한 분위기였다.

수많은 사연들이 있는 곳, 조국을 사랑하는 마음, 조국을 향한 완벽한 헌신의 모습이 그곳에 있음을 보았다.

이삼구 박사의 아버님이 잠들어 계신 사병 묘역에서 참배하고 길 건너 애국지사 순국선열 묘역으로 갔다.

비석마다 꽃 한 다발씩은 다 놓여 있는 사병 묘역보다는 묘역의 크기도 크고, 비석과 봉분까지 있었지만 후손이 그리 번성하지 않은 듯 추모하는 꽃도 없고 다녀간 흔적도 없어 참 쓸쓸했다.

　가까이 가서 묘비문을 찬찬히 읽어보니 가슴이 뭉클하고 애틋했다.

　몇몇 묘역 아래 서서 묵념을 하고 감사의 마음을 올리면서 묘비석에 새긴 글귀를 적어왔다.

　짧은 문장 속에 후손들의 마음이 담겨 있었다.

　나는 묘비 문을 읽으면서 두 주먹이 불끈 쥐어졌다.

　　우리는

　　당신 앞에 서면

　　당신은 산이요 바다니

　　그 높이와 깊이 앞에서

　　그저 말없이 우러러볼 뿐입니다.

　　조국의 자주독립과 민족의 번영을 위하여

　　젊음을 바쳐 헌신하시다가 짧은 생애를 마치신

　　숭고한 정신은 우리 조국과

　　영원히 살아 계실 것입니다.

　　이제 조국의 품에 편히 잠드소서.

　　임의 뜻은 무엇입니까?

　　목숨 바쳐 지켜냈던 조국.

　　오직 하나

조국의 독립을 위해 청춘을 불사른 영혼이시여!
나라에 충성하고 부모에 효도하라는
당신의 높은 뜻을 우리의 가슴에 담아
이 땅에 길이길이 꽃피우게 하소서.

일제의 천인공노할 불법 앞에
누구보다도 치열하게 싸우고
누구보다도 강하려 항거하여
독립을 향한 뜨거운 피를
이 땅 위에 뿌리셨으니
해방조국의 품에 편히 잠드소서.

온 겨레가 일제의 굴레에 얽매여 있던
민족사의 암흑기
아버님께서 들어 올린 구국항쟁의 횃불은
어머님의 충격사를 비롯하여
가족의 수난에도 불구하고
조국광복의 새벽을 열게 하였습니다.

일제 민족차별의 실상을 폭로하고
제2차 광주학생독립운동의 주역인
무등회의 조직과 지원을 아끼지 않으셨고
조국 해방을 위하여 꽃다운 청춘을 바치셨으니

이제 조국의 품에 편히 잠드소서.

힘써 살아가야 하는 이 땅에서

깨끗한 마음에 간직한 자랑으로

모두가 하나로 도우고 어우러져

언제까지나 사랑해야 할 내 나라

우리는 압니다.

임의 그 뜻을…….

순국선열 묘역을 일부 참배하고 현충문 앞에 섰다. 연병장 한가운데에 현수막에 쓰여 있는 글귀가 가슴 아리다.

"다시 부르는 영혼"

현충일 기념행사가 10시에 진행되고 나면 나라를 위해 돌아가신 분들의 이름을 다시 호명하는 시간이 있고 그래서 '다시 부르는 영혼'이란 제목의 현수막이라고 했다.

나는 숙연한 마음을 갖고 천천히 현충탑으로 걸어 올라갔다.

그리고 경건한 마음으로 참배했다.

여기는 민족의 얼이 서린 곳

조국과 함께 영원히 가는 이들

해와 달이 이 언덕을 보호하리라.

현충원에서 참배하는 모습

열 지어 서 있는 현충원 비석

　향을 올리고 참배를 하고 탑 뒤로 들어가니 대통령의 헌화에서부터 수십 개의 헌화가 놓여있는 위패실이 있다.

　가슴이 뭉클하다.

　위패실을 둘러보며 유해 없이 위패로만 모셔진 영령님들께 묵념 올렸다. 대한민국 국민이라면 꼭 가봐야 할 곳이다.

　위패 모셔진 공간은 2실 3실로 이어지고 초등학교를 입학했을 만한 어린아이를 데리고 온 젊은 부부의 모습이 보인다. 젊은 부부지만 바른 의식을 가졌구나는 생각이 든다.

수십만 명의 이름들이 새겨진 돌판, 위대한 분들의 숭고한 죽음, 나라를 위해 초개와 같이 목숨을 바치신 영령님들을 추모하고 나왔다.

현충원 입구에 커다란 돌 비석에 새긴 글을 소리 내어 천천히 또박또박 읽어본다.

우리는 반만년 역사와 무한한 미래를 연결하는 오늘의 주역으로 살고 있다.
우리에게 굳센 의지와 줄기찬 노력이 있다면 우리 민족은
반드시 세계사에 주역으로 등장할 것이다.

조기로 걸린 양옆 태극기 사이로 현충원을 서서히 돌아 나오면서 나라를 지킨 수많은 순국선열들과 국군장병들의 죽음이 헛되지 않게 올바른 의식을 가지고 보람 있는 시간을 살아가야겠다고 다짐을 했다.
'현충원 참배' 의미 있고 뜻깊은 시간이었다.

식용곤충 귀뚜라미 홍보의 시작

나는 완주군 소양면 송광사 앞길 벚꽃 축제현장에서 식용 귀뚜라미를 안주로 파는 것을 보고 난 후 언니와 조카가 운영하고 있는 손짱한복 매장에 가서 소양 벚꽃 축제현장에서 식용귀뚜라미를 실제 팔고 있다고 이야기했다.

그날 저녁에 언니네 가족은 소양으로 밤 벚꽃 놀이를 갔다. 축제 현장에서 귀뚜라미 안주를 팔고 있는 곳을 찾아가 모험을 두려워하지 않는 28살의 아가씨인 조카 이슬이가 귀뚜라미 먹기를 도전했고, 그 도전과 맛보기에 성공한 모습을 영상으로 담아 보내왔다. 이어 '식용 귀뚜라미 볶음 먹기 도전 성공이야기'가 유튜브에 올라왔다.

이 박사님은 "우리 고유의 한복을 손수 디자인하는 한복디자이너, 황이슬 양의 미래식량 귀뚜라미 시식과 소감입니다. 손짱 황이슬 양은 20대의 한복디자이너로 숙명여대에서 고구려 복식의 아름다움에 관한 주제로 석사학위를 받은 한복계의 기대가 되는 재원입니다. 20대 황이슬 양의 귀뚜라미 시식 후 소감 한번 들어보실래요?"라는 글과 함께 유튜브 영상을 링크 걸어 카카오스토리에 올렸다.

언니네 가족들의 소양 송광사 밤 벚꽃 놀이 중 찍었던 동영상 '귀뚜라미 볶음 먹기 도전기'가 인터넷 유튜브에 올라온 이후 나는 자연스럽게 귀뚜라미 홍보대사가 되었다.

나의 벤처기업 239 홍보대사 명함

내 생활에 변화가 찾아왔다. 곤충 귀뚜라미에 관심을 갖기 시작했다.

의식(意識)의 변화는 식(食)문화의 변화로부터, 식단의 혁명, 단백질 혁명을 외치며 '미래인류식량은 귀뚜라미'라고 목소리 높이는 이삼구 박사의 말을 전적으로 동의하며 홍보하기 시작했다.

이미 지구는 환경의 오염으로 기후의 변화가 시작되었다. 슈퍼가뭄(대가뭄. 왕가뭄) 소식이 들려오고 있다. 이런 가뭄 상황이 우리나라에도 올 것이다. 우리의 먹거리를 위협할 것이고 유전자변형 농산물 생산으로 인

이삼구 박사가 조리한 귀뚜라미 야채볶음요리

해 우리의 건강은 많이 약화될 것이다.

　환경오염을, 기후변화를, 물 부족을, 식량 부족을, 영양소 공급을 해결해 줄 최고의 선물은 귀뚜라미임을 연구한 이 박사의 이야기를 듣고 나는 공감하고 공감했다. 의아해하는 사람은 머잖은 시간에 깨닫게 될 것이다. 앞으로 수많은 언론들이 곤충에 중요성에 대하여 보도하고, 에너지원 단백질공급원으로 곤충을 말할 것이다.
　곤충은 거의 비슷한 영양성분을 갖고 있다고 한다. 그러나 생산하는 데 있어 곤충에게 먹일 사료문제를 따져보면 우리나라 환경에서는 귀뚜라미가 가장 적합하다는 것이다. 밀기울을 먹는 밀웜은 사료인 밀을 수입해야 하니 사료로부터 자유롭지 못하고 또 다른 곤충은 참나무먹이여서 우리나라 산림자원의 훼손이 우려된다거나 일 년에 두어 번 생산할 수밖에 없는 구조여서 경제성이 좋지 못하므로 가장 적합한 것은 사료로부터 자유롭고 최대 12~15기작을 가능하도록 연구해낸 귀뚜라미가 경제성을 보더라도 가장 적합하다는 말을 듣고 근거 삼아 홍보를 시작한 것이다.

　상투를 자르다니 말도 안 되는 일이라고 외치던 시대가 있지 않았던가. 그러나 지금은 상투 튼 사람을 기이하게 바라보는 세상이 되었다.
　난 절대 스마트폰 안 쓸 거라 했던 사람이 지금은 스마트폰을 자유롭고 유용하게 사용한다.
　남자가 무슨 화장이야 했던 사람이 지금은 선크림을 하얗게 바르고 나타난다.

변화는 공기다.

변화는 햇살이다.

변화는 물이다.

받아들여야만 살 수 있기 때문이다.

대한민국 최초 곤충 시식회

티브로드 박원기 기자가 취재한 텔레비전 뉴스가 나오고 나서 나는 이삼구 박사님을 도와서 '제1회 이삼구 박사와 함께하는 미래식량 시식회'를 하기 위해 열심히 준비했다.

제1회 이삼구 박사와 함께하는 −귀뚜라미− 미래식량 시식회 사진

향후 수년 안에 닥칠 식량난 자료를 접하고 그 대안이 곤충이라는 것을 안 후, 곤충산업 연구에 열정을 다한 이삼구 박사와 그 뜻에 기꺼이 동참하기 위해 김윤덕 국회의원님/박성일 완주군수님 외 70여 명의 여러 기업체 대표님들과 기관장님들이 시식회에 참석했다.

'제2회 시식회'는 완주 소양 오스갤러리 잔디 정원에서 개최되었다. '인

이삼구 박사와 함께하는 미래식량 시식회 단체사진

공무지개 특허 시연'까지 펼친 그 어디에서도 볼 수 없는 행사였다.

완주군 관내에 있는 마더쿠키에서 식용곤충 귀뚜라미를 다양하게 적
용(분말, 원형)하여 음식을 만들었다. 많은 사람들이 참석해서 맛을 보고
귀뚜라미에 대한 인식을 바꾸었다. 산업으로서의 가치를 알게 되고 식량
이 된다는 것을 알린 날이다. 더불어 이삼구 박사는 인공무지개를 띄우
는 국제특허를 가지고 있기에 무지개도 띄워서 행복하고 희망에 가득 찬
멋진 행사였다.

이 박사의 "환경오염이 없는 최고급의 단백질과 오메가3 불포화지방인
귀뚜라미, 숙취해소와 피부미백, 자양강장에 탁월한 귀뚜라미를 이제
대량으로 사육생산할 수 있게 되었다. 사육농가가 많아지면 인식의 전
환이 생기고 인식의 전환이 생기면 큰 소득이 창출될 것이다."라는 말에
귀 기울이며 참석한 140여 명의 사람들이 식용귀뚜라미, 곤충산업에 대
한 큰 관심을 보였다. 나는 1회 2회 시식회 때 행사 마이크를 준비하고
소품들을 준비했으며, 행사 프로그램 중 축시 낭송으로 지원했고 도움
줄 수 있는 행사요원들을 두루 섭외해서 함께 도왔다.

제2회 미래식량 시식회 완주 오스 갤러리에서 시 낭송과 함께 행사지원을 했다.

언론에서 관심 그리고 시식회 때 도움의 손길

라디오 교통방송국에서 생방송 인터뷰 요청이 왔고, 생방송 인터뷰를 자신 있고 당당하게 하면서 이 박사는 전국방송을 타기 시작했다. CBS 방송국 '시사자키 정관용입니다'에서 출연 요청이 왔다. 이 프로그램은 전국적으로 마니아층이 형성되어 있는 아주 유명한 시사방송 프로그램 이었다. 라디오방송에 출연한 후로는 아주 많은 사람들이 귀뚜라미에 관심을 갖고 문의를 해 오기 시작했다.

SK 통섭형 인재 양성소 '타작마당' 행사인 '휴먼 3.0포럼-미래식량 주제발표' 때에 패널로 이삼구 박사를 초대했고 나도 함께 참석했다. 이삼구 박사는 '휴먼 3.0포럼' 행사에 참석해서 왜 우리나라에 현실에 귀뚜라미가 미래식량으로 가장 적합한지를 대기업 심장부에 알렸고 나 역시 동행해서 귀뚜라미 관련 이 박사의 연구 이야기를 전하며 돕는 역할을 했다.

이후 소양면 개청 100주년 행사 (이때 KBS VJ특공대에서 촬영을 나왔는데 나는 귀뚜라미샌드위치를 만들어 와서 촬영을 도왔다.) 그리고 고산전국 소싸움

대회장에서의 시식회 때는 귀뚜라미 쿠키를 나눠주며 곤충이 식량이 된다는 걸 알렸다. 완주군에서 열리는 가장 큰 행사 완주 와일드푸드 축제에는 5,000여 명이 와서 시식하는 현장에서 이모저모로 도왔다.

전주 아중중학교에서의 시식회와, 전라북도 도의회 1층 로비에서의 시식회행사 때 축시 낭송을 지원했으며 귀뚜라미 분말을 이용한 빵과 쿠키등을 홍보하며 시식할 수 있도록 도왔다.

물론 행사를 마치고 나서 블로그에 글을 올리며 돕는 일은 이미 일상화되어 있었다.

SK 통섭형 인재 양성소 '타작마당'에서 노소영 관장과 함께

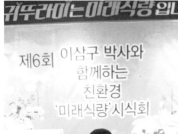

전라북도 도의회 로비에서 진행한 시식회 사진

2015년은 이삼구 박사 도약의 해

　1월에는 귀뚜라미 효능 체험단이 구성되어 체험을 실행했다. 알콜분해 효능과 피부(얼굴) 부드러움과 촉촉함 미백효능 체험을 진행했다. 나는 체험하겠다고 신청한 사람들에게 장소와 시간 안내 문자와 기타 질문에 대한 답변으로 도왔다.

식품원료 등록 축하 시식회 단체사진　　　　239귀뚜라미 피부미용 효능실험 단체사진

　JTV 전주방송에서는 모노토크 프로그램 '주인공'을 녹화 촬영, 방영했다.

　녹화 촬영하는 곳에 지인으로 등장해서 귀뚜라미 먹는 모습을 찍고 인터뷰하므로 돕는 역할을 했다.

　이 박사가 귀뚜라미 관련 책을 쓰기 시작했다.

　스토리가 많은 이 박사는 한 달 만에 초고를 완성했다. 참으로 선택·

JTV 전주방송 모노토크 '주인공' 프로그램 녹화할 때 감로헌에서

집중·몰입의 대가라는 말을 그대로 보여줬다. 평범한 사람들은 책 한 권의 초고를 쓰려면 1년 이상 걸리는데 열흘이라니 참으로 놀랍다. 몇 개의 출판사를 정해 원고 투고를 하고 출판 타진의 승부수를 던졌다.

나는 이 박사의 초고를 읽어보고 출판사에 투고할 '출판기획서'를 써서 돕는 역할을 했다.

내가 쓴 출판기획서 전문이다.

"이 책의 차별화로서는 우선 유사도서가 없다는 점을 들 수 있다. 귀뚜라미 관련 제목을 가진 도서는 전무하다. 책의 내용을 보면 더욱 그렇다. 대한민국 최초 타이틀을 달고 유엔에서 활동하면서 경험한 것과 느낀 것을 자세히 써서 청소년들에게 미래 비전을 제시했다. 특히 유엔에서 얻은 고급 자료를 바탕으로 곤충 귀뚜라미를 심도 있게 연구한 내용이다. 세계 흐름에 발맞추어 곤충을 산업으로 정착시켜 국가 신성장 동력산업으로서 가치를 널리 알리는 이 책은 우리나라 모든 공무원 청소년, 지자체농업관련 종사자 귀농 귀촌자 은퇴자들이 필수로 읽어야 할 책이다. 책을 읽은 사람들이 감동을 받고 삶의 변화를 일으킬 것이다. 좋은 책이 어서 출간되어 나오기를 기대한다.”

봄에 정부기관인 농림축산식품부에서 귀뚜라미를 식품원료등록화 예정이라고 발표했다. 의미 있는 발표였다. 공휴일인 어린이날에는 행복에너지 출판사 대표님이 공군 제20전투비행단 블랙이글스의 화려하고 멋진 에어쇼와 서산 문화기행 그리고 이완섭 서산시장님과 함께하는 만찬에 이삼구 박사를 초대하셨다. 홍보대사인 나와 이명숙 퍼시스가구 대표도 함께 갔다. 이명숙 대표는 소리없이 이삼구 박사를 돕고 있는 분이다. 에어쇼를 관람하고 해미읍성도 둘러보았다. 서산 문화기행 중에 식용귀뚜라미를 홍보 시식하는 시간이 있었다. 서울에서 오신 일백여 명의 선생님들에게 ‘귀뚜라미는 인류식량입니다’라는 소책자를 나눠주고 귀뚜라미를 시식하는 행사장에서 나는 동행한 이명숙 대표님과 함께 곤충의 식용됨과 곤충 중에서도 우리나라의 실정에 가장 적합하여 생산자들에게 고소득을 안겨 줄 귀뚜라미산업에 대한 이야기를 참가자들에게 전하며, 시식할 귀뚜라미 적당량을 나눠 드리며 효능까지도 설명해 드림으로

공군 제20비행단 에어쇼 현장에서

서산에서 귀뚜라미 시식회

벤처기업 239 홍보대사의 역할을 수행했다.

국책연구기관인 한국 농촌경제 연구원에서 '제2차 5개년 곤충산업 육성 계획안'(2016년~2020년) 마련에 이삼구 박사를 정책입안전문가로 선정했다. 조력자로서 함께 기뻐하며 응원하고 관련 글을 블로그에 올려 곤충에 관심 많은 여러 사람들이 알 수 있도록 홍보했다.

승승장구의 나날

 이삼구 박사는 대한민국 최고기록인증원(KBRI)으로부터 '(귀뚜라미는 인류식량 연구) 대량사육시스템 특허등록 및 상표 디자인 등록에 관한 지식재산권 39건'을 높이 평가받아 '2015 대한민국 최고기록인증서'를 받았다. 인증서 내용을 살펴보면 이삼구 박사에게 딱 어울린다.

 "평소 자기 분야에서 불굴의 의지와 끊임없는 도전으로 우리 사회에 희망을 주고 대한민국 최고의 자리에 올랐음을 격려하고 인증합니다."

 이 박사는 국내 각계각층에서 미래 사회지도자를 꿈꾸는 사람들과 소통하며 정치·경제·사회·역사·문화·국방·통일·식량문제 등에 대해 심층학습으로 진행되는 '한국 지도자 아카데미' 30기 회장으로 선임되었다.

 강원대학교 6차 산업단 학생들이 귀뚜라미 이삼구 박사를 인터뷰하러 방문했다. 곤충산업에 대한 전반을 사전에 공부하고 와서 궁금한 부분들을 질문하고 비디오로 녹화하는 적극적인 대학생들이었다. 나는 인터뷰 현장과 식당에도 동행하여 학생들이 시식할 수 있도록 도왔으며 소중한 시간들을 자료로 남기고 젊은 학생들이 식용귀뚜라미에 관심을 갖고 취재하는 글을 블로그에 올리므로 돕는 역할을 했다.

이삼구 박사 최고기록인증서를 수상한 자리에서 대회장이신 정운천 초대 농식품부장관님과 함께

저서, 『귀뚜라미 박사 239』 출간

『귀뚜라미 박사 239』 출간 – 행복에너지 출판사

8월 1일 『귀뚜라미 박사 239』 책이 출간되어 세상에 나왔다. 175개 언론사 보도와 함께~

독서토론 동아리 리더스 클럽에서 토론 도서로 선정되었다. 책을 읽은 많은 분들이 서평을 써 주셨는데 그중 핵심을 꿰뚫는 김재원 선생님의 서평 글을 옮겨본다.

파프리카는 1개당 1,000원 이상을 호가한다. 튼튼하고 알찬 것들은 3,000원까지도 가기도 한다. 피망하고 비슷하게 생겨서는 왜 이렇게 비쌀까?? 키우기가 힘든가~ 라고만 생각했었는데 알고 보니 종자 값이 비싸다. 2015년 현재 금 1g이 5만 원 정도인데 파프리카 종자 1g이 12만 원이란다.

와……. 금값보다 비싼 야채이다.

그런데 파프리카가 비싼 이유를 『귀뚜라미 박사 239』를 읽어 알게 되었다. 파프리카 종자의 로열티가 비싸기 때문이라는 것이다. 단순히 비싼 게 문제가 아니다. 다국적 종자 기업들은 식물 유전자의 발현을 조절하고 DNA의 선택적 제한을 통해 종자의 재생산을 불가능하게 하는 기술을 개발해왔다고 한다. 식량패권을 쥐려는 다국적 기업들의 기술 종속이 이어지는 것이다.

이를 다시 말하면 번식력과 유전적 특징을 조작할 수 있는 트레이더 기술과 후세를 남길 수 없는 터미네이터 종자로 세계를 지배하고 있다는 말이다. 게다가 종자를 개발한 회사에서 만든 화학비료를 써야 병충해 없이 튼튼하게 자란다고 한다. 와……정말……나로서는 생각도 못한 영역이다. 정말 모르면 당한다는 말이 딱 맞다.

나는 지난 8월 이삼구 박사님을 리더스 클럽에서 처음 뵈었다.

그날은 공교롭게도 이삼구 박사님께서 리더스 클럽의 발전을 위해 1,500만 원의 후원금을 낸 날이어서 인상이 깊었다. 나는 이삼구 교수님과 같은 분단에 앉아서 그분의 명함을 받을 수 있었는데 예전엔 공학 박사로서 교수님이었는데 지금은 귀뚜라미 사업을 하신다고 했다.

귀뚜라미? 귀뚜라미로 뭘 하는 걸까? 그날은 그냥 특이한 분이라고만 생각하였다.

그 후 귀뚜라미 박사 239를 읽으며 그분의 열정과 노력을 보게 되었다. 특히 인상 깊었던 점은 ISO국제표준화 국제협력활동이었다. ISO는 International Organization for Standardization의 약자로 국제표준화기구이다. 국제표준이 된다는 건 어떤 의미일까? 그 표준을 만든다는 건 어떤 의미일까? 생각만 해도 대단하다는 생각이 든다.

그런데 교수님이 확인한 ISO 문서에서 대한민국의 코멘트에는 단지 YES만이 있는 상황……. 유엔분담금을 세계에서 10위권을 지출하는 우리나라인데 유엔 기구에서 제대로 된 목소리를 내지 못해 아무런 주장도 펼치지 못하고 있었던 현실을 두 눈으로 확인하니 당황하였다고 한다. 그러한 열악한 조건에서도 2016년 ISO 총회를 대한민국에서 개최하도록 노력하고 국제기구에서 활약한 모습은 정말 대단하다는 생각이 들었다.

국제기구와 우리나라의 상황을 보면 귀뚜라미와 참 비슷하다는 생각이 든다.

그것은 바로 약하면 먹힌다는 점이다. 귀뚜라미는 7번에서 9번의 탈피를 하는데 이때 가장 위험한 순간이라고 한다. 그때 동족인 귀뚜라미가 공격해 먹는다. 공격당한 귀뚜라미를 다른 귀뚜라미도 공격한다고 한다.

정말 약하면 당한다. IMF 때 우리의 5대 종묘회사 중 4개가 다국적 기업에 매각되었다. 국제표준화도 빼앗겨 거액의 로열티를 내며 종속당하고 있다. 이런 상황에서 국가적 위기가 닥치면 영원한 노예국이 되는 것이다. 약하다고 어느 누구도 지켜주지 않는다. 약하면 더 당한다. 죽지 않을 만큼만 살려두는 것이다.

그래서 이 책의 26p에 쓰여 있는 "기회는 준비된 자에게 찾아온다. 기회란 누구에게나 주어지진 않는다. 반드시 준비된 자에게만 올 뿐더러 언제 어디에서 찾아올지 모르는 것이기에 뭔가를 이루기 위해서는 끊임없이 자기 계발을 해야 하는 것이다."라는 말이 더 간절하게 느껴진다.

처음에 이 책을 단순히 귀뚜라미 홍보책으로 생각해서 죄송하다. 읽고 나니 앞으로 국제세계에서 활약할 우리 아이들의 길잡이로서의 책으로도 손색이 없다고 생각한다. 맨땅에 헤딩해 보기, 특허 출원 시 주의점, 대표들의 특이사항 파악하기, 국제회의에서 갖춰야 할 자세 등등의 노하우가 있기 때문이다.

미국에는 유명한 귀뚜라미 에너지바가 있다고 하던데 우리의 기술로 만든 귀뚜라미 에너지바가 빨리 나왔으면 좋겠다. 숙취 해소에 좋은 귀뚜라미 분말가루도 한번 먹어보고 싶다. 그리고 이 기술이 해외로 수출되어 값비싼 로열티를 받는 산업이 되었으면 좋겠다.

이렇듯 책을 꼼꼼하게 읽은 사람들은 이삼구 박사의 진심을 제대로 알게 되며 응원을 보낸다.
나는 김재원 선생의 동의를 구하고 서평 글을 나의 블로그로 옮겼다. 책을 읽지 않은 더 많은 사람들이 김 선생의 서평을 읽고 이삼구 박사의 책을 선택하여 읽어 보았으면 하는 바람으로,

9월 2일 대한민국에서 곤충 귀뚜라미가 식품으로 등록되었다는 정식 발표가 있었다. 이미 '벤처기업 239'사에서는 여러 사람들을 모집해서 귀뚜라미를 시식했을 뿐 아니라 효능별 테스트를 했다. 효능 체험에 함께했던 사람들이 대부분이 그 효능을 인정했다. 효능을 안 사람들이 이제는 돈을 지불하고 구입해서 먹고 싶어 한다.

국가에서 식품 등록까지 마쳤으니 귀뚜라미는 사람이 살아가는 데 가장 중요한 요소인 의식주(衣食住) 중 식(食)의 한자리를 당당히 차지하게

되었다. 의식 있는 사람은 이삼구 박사가 외치는 "새로운 패러다임 단백질 혁명은 식단의 자주권입니다."라는 핵심의 의미를 알게 될 것이다.

이미 유엔에서 먹으라고 권장했고 서구 유럽사회에선 식품으로 등록되어 판매, 구입이 활발하게 진행되고 있는 식품 귀뚜라미가 우리나라에서도 이제는 식품이 되었다.

이제 곤충 귀뚜라미는 우리나라 국민들의 건강을 지켜주며 생산농가에 큰 소득원이 되어 기쁨을 주며, 식량주권의 선봉에 설 수 있는 기반이 마련되었다. 귀뚜라미 가족들이 모여 함께할 때 외치는 구호가 있다.

"239-천천천"이다.

머지않아 구호처럼 될 것이다. 뭐든 말하는 대로 되니까.

239‖‖-천천천‖‖
천! 천! 천의 뜻풀이는 다음과 같다.
천 개의 전국 239귀뚜라미 대량사육 생산동과
천 개의 전국 239귀뚜라미 식품 프랜차이즈업체를 만들어 전 국민이 귀뚜라미를 먹고 천수를 누리는 행복한 우리나라 모든 국민들의 삶을 만들자.

이인권 소리문화의전당 대표님과 양성길 파워 블로거님과의 만남도 가졌다. 이미 귀뚜라미를 드시고 효능을 보아 알고 계신 이인권 대표님의 소개로 약선음식으로 유명한 식당 감로헌에서 만났다. 양성길 파워블로거님은 귀뚜라미를 용기 내어 먹고 나니 자꾸만 숟가락이 간다는 글과 귀뚜라미 사진을 올리며 이삼구 박사와 귀뚜라미에 관한 이야기를 자세하게 블로그에 실어주셨다. 이인권 대표님은 『문화예술 리더를 꿈꿔라』 등 10여 권을 책을 내신 분이시다. 다양한 분야에서 멋지게 활동하고 계신 분들이 귀뚜라미에 관심을 갖고 이삼구 박사의 연구 결과를 좋게 평가해 주며 응원하는 자리에 나도 동행할 수 있음이 참 좋다.

이인권 소리문화의전당대표님과 양성길 파워 블로거님

이인권 대표님의 저서

"239귀뚜라미는 인류식량, 단백질혁명은 식량 주권입니다!!"라는 이삼구 박사의 사인을 담은 책 『귀뚜라미박사 239』가 청와대에 보내졌다. 이 박사는 인류의 건강을 기본으로 우리나라 식량주권을 바로 세우고 생산농가의 고소득을 창출하며 국제 기아문제까지 해결할 수 있는 열쇠가 될 곤충귀뚜라미산업을 국정 운영하시는 분들에게 알리고 읽어 보기를 바라는 마음으로, 책을 받은 청와대 비서실 이병기 실장님께서 "국정운영에 도움이 되고자 하는 귀한 마음을 감사드린다."라는 등기 우편물을 보내왔다. 놀랍도다!!

책이 출간되고 한국 HRD 교육센터 별관에서 '고혜성쇼' 특별강연을 생방송으로 진행했다. 진행자 고혜성 씨는 이 삼구 박사의 특강 1시간이 끝나자 귀뚜라미 홍보대사를 하겠다고 했다. 이 박사의 귀뚜라미 관련 특강을 들으면 '아~! 정말 그렇구나.'하는 생각을 할 수밖에 없다. 적극적인 성향을 가진 사람들은 홍보대사를 하겠다고 자청한다. 그만큼 이 박사의 귀뚜라미 관련 특강은 설득력이 있고 사람들의 의식의 변화를 가져온다. 강의 현장에 있었던 많은 사람들도 저녁 식사 시간에 합류하여 귀뚜라미 관련 연구 이야기와 효능 이야기를 더 듣고 깊은 관심을 가졌으며 적극적으로 응원하는 응원군이 되었다. 현장에 있었던 나는 상황을 잘 기록하여 SNS에 올렸다.

한국 HRD 교육방송 '고혜성쇼'에서 특강하는 이삼구 박사

독일 브레멘에서 초대하다

젊은 날, 돈을 벌기 위해 독일로 가셨던 광부와 간호사, 우리들의 아버지 어머니.

이젠 연로하셔서 현역에서 은퇴하신 분들, 그분들이 무엇으로 소일하며 소득을 창출할까 하여 인터넷을 검색하는 과정에서 나의 블로그에 접속하여 글을 보시고 연락을 주셨다.

이삼구 박사를 만나기 위해 독일 브레멘 주 성령교회에서 이옥만 목사님이 오셨다. '벤처기업 239' 귀뚜라미를 독일에서도 키우고 싶어 간절한 염원을 안고서.

지난날 한국전쟁 이후 가난한 조국에 외화를 벌어 부쳐주셨던 고마우신 분들…….

영화 '국제시장'을 보면서 얼마나 마음이 절절하고 울컥했던가? 60~70년대 어려운 우리나라 현실을 떠안고 독일로 가서 광부로, 간호사로 가혹한 현실을 견디며 온몸으로 헌신하신 산업전사들이 아닌가.

독일 브레멘 주에는 이러한 분들이 한인커뮤니티를 구성하여 서로 도우며 의지하며 생활하고 계신다고 했다.

이 박사는 조국의 발전, 조국의 눈부신 성장에 큰 기여를 하신 분들을 위해 기쁜 마음으로, 감사하는 마음으로 도와드리고 지원해 드리겠다고 말씀드렸다.

독일에서 오신 이 목사님은 대단히 기뻐하셨다.

이 박사도 함께 기뻐하며 한국에 오신 이 목사님께 시식을 위한 귀뚜라미 분말을 드렸다.

목사님이 독일로 귀가하신 후, 사업을 함께할 독일 교민들과 이 박사의 만남을 주선하여 초청하고, 나는 그 자리에서 시 낭송을 할 수 있도록 초청해 주셨다.

'벤처기업 239' 이삼구 귀뚜라미 박사의 연구 노력의 결과는 독일까지 진출하게 되었다.

생산 공장동 건립 및 대량사육시스템을 전수해드리기 위한 독일 초대 방문 일정. 귀뚜라미 이삼구 박사의 연구 노력의 결과를 바르게 의식해 주는 사람들이 생겨나고 이제 인터넷 블로그 홍보에 힘입어 독일에서까지 알고 초청해주니 조력자로서 함께하지 않았다면 독일 가는 것을 생각이나 할 수 있었을까.

독일에서 이옥만 목사님이 전주로 오셨다.

유럽에서(독일, 네덜란드, 프랑스)

독일 브레멘 성령교회 김화경 선교사님은 이삼구 박사가 말하는 환경
오염, 기후변화, 대가뭄, 인구증가에 따른 식량대란, 이제는 무기전쟁이
아닌 식량전쟁, 연구에 몰입하여 귀뚜라미 대량생산 등 특허 출원과 등
록 39건, 단백질을 통한 새로운 패러다임, 식량 주권을 지키고, 남북통
일 후 귀뚜라미 단백질로 북한을 도우며, 국제기아와 난민을 구제하고자
하는 꿈의 이야기를 듣고 나서, 창세기에 나오는 요셉과 같은 사람이라
며 감동하고 또 감동했다.

김 선교사님은 주의 이름으로 병든 자를 고치시고, 막힌 담을 헐며 죽
음의 현장을 벗어나게 하고, 굶주린 자에게 먹을 것을 주는, 살아 있는
기적의 선지자이다. 선교사님 본인도 혈소판 수치가 '수천'(정상인은 10만
에서 45만)에 불과한, 독일을 비롯 전 세계 의료진이 불가사의하게 여기는
놀라운 사람, 그 수치로는 도저히 살 수 없는데 살아 있는 사람, 어떤 약
으로도 주사로도 혈소판 수치가 나아지지 않는 상황 속에서 하루하루를
살아가고 있는 놀라운 사람이다.

조금 무리했다 싶으면 반드시 누워서 쉬어야 하고 그렇지 않으면 피곤해서 견딜 수가 없는 건강 상태였다. 하지만 239귀뚜라미를 섭취하고 며칠 만에 효능이 나타났다. 모두들 기적이라고 놀라워했다.

독일에 간 목적이 239귀뚜라미 제6공장동 설립을 위한 대량생산 기술 기부와 협약식이었다. 그러나 이삼구 박사의 귀뚜라미를 연구와 결과물에 대한 이야기를 들은 선교사님은 교민과 유학생과 현지인들에게 들려주기를 희망했다.

특강 시간이 마련되었다.

이 박사는 인류가 귀뚜라미를 먹었던 원문을 찾아 뒤지고 뒤지다가 발견한 것이 성경말씀, 레위기 11장 22절. 귀뚜라미 연구는 하나님 배경(빽)인 성경말씀에 근거함이 시작이었다고 그간의 스토리를 풀어서 설득력 있는 강연을 진행했다.

장장 3시간이나 강의했음에도 누구 하나 움직이지 않고 경청했다.

특강 후, 김 선교사님은 이 박사를 창세기에 나온 요셉과 같은 사람, 민족을 살리고 세계를 구한 요셉과 같은 인물이라고 표현했다. 세계 곳곳에 부흥성회를 다니고 수많은 하나님의 기적을 증거하고 계신 김 선교사님은 꿈을 가진 많은 사람을 만났어도, 이 박사와 같이 역사관이 분명하고 이토록 나라를 사랑하는 사람을 만난 적이 없었다고 했다.

그간 했던 일도 앞으로 할 일도 민족, 조국, 나라에 포커스가 맞춰져 있는 사람, 이는 하나님께서 택한 사람이라고 말했다.

2016년 케냐에서 3,000명이 모이는 민족성회에 초대받으신 김 선교사님은 이 박사에게 동행하자고 요청했다. 3년 전 집회하실 때 케냐를 배고픔에서 건져 줄 것이라 예언하고 돌아와 포클레인을 선물로 보내 우물을 파게 했고, 그것으로 할 일을 다 했다고 생각했는데 이 박사를 만나니 서원의 응답이라며 기뻐했다. 이제 김 선교사님 집회현장을 따라 생명의 239귀뚜라미 단백질을 가지고 케냐와 루마니아로 함께 갈 것이다.

이삼구 박사의 세계 기아 난민 구제의 꿈, 적어도 사람으로 태어나 배고파서 죽는 일만은 없애야겠다는 외침이 김화경 선교사님과의 만남으로 이미 준비되어 있음을 알게 되었다.

이 박사의 큰 뜻이 꼭 실현될 것이며, 앞으로 한국에 돌아가면 더 놀라운 일이 펼쳐질 것이라고 선교사님이 말했다. 생각지도 못한 사람들을 만나게 되며 국내외적으로 엄청난 일들이 일어날 것이며 인류식량 239 귀뚜라미 이야기는 빠짐없이 거론될 것이라고 예언했다. 가슴 벅찼던 독일에서의 이야기다.

브레멘성령교회에서 특강 후에

브레멘 시내 구경

브레멘에서 아침 식사 전

네덜란드에서 이 박사는 곤충 방면의 대 권위자이신 네덜란드 와게닝겐대학교 Arnold Van Huis 교수의 공식 초청 방문에서 향후 식용 및 사료곤충의 현안에 대해서 협력하기로 했다. 세계적 지명도를 갖는 Arnold 교수는 2015년 8월 24일 이삼구 박사를 UN FAO(유엔식량농업기구)의 '식용 및 사료 곤충 분야 책임 있는 이해 당사자' 대한민국 1호로 추천했다.

두 달여 기간 동안 인증심사를 마친 후 10월 16일 세계 식량의 날을 맞이하여 UN FAO의 '식용 및 사료 곤충분야 책임 있는 이해 당사자(Stakeholder of insects for food and feed)' 대한민국 1호로 승인되었다.

이 박사는 UN ISO(국제표준화기구)에 이어 FAO에서도 좋은 정보력을 바탕으로 식용과 사료 곤충 분야에서 값진 역할을 하겠다고 다짐했다.

내가 239귀뚜라미 홍보대사가 되어 노벨상 후보로 거론되는 분을 만나고 기념 촬영을 할 수 있음도 커다란 영광이 아닐 수 없다.

식용곤충산업 현황을 파악하기 위해 프랑스 파리에 갔다. 독일 함부

노벨상후보로 거론되고 있는
아놀드 반 휴이즈 교수님과 기념사진

르크 식용곤충식당 몽고스에서 시식하고, 네덜란드에서는 전국에 스낵처럼 판매하는 염보 체인점과 식용곤충 현황을 파악했으며, 프랑스 몽마르트르 인근에 위치하여 파리지앵들이 다니는 세계 탑10으로 소개된 곤충식당 르페스틴누에 가서 시식을 했다.

곤충식당에서 가장 우선적으로 눈에 들어오는 것은 가격이었다. 가격이 엄청나게 비싸다. 일반 음식값의 서너 배는 족히 된다. 가격에 비해 음식 세팅이나 모양이 볼품없다. 이제 세계적으로 곤충시장이 열릴 텐데 음식솜씨 좋은 우리나라 사람들의 손으로 만든 곤충요리가 단연 돋보일 듯 여겨진다. 전 세계 스시 시장을 일본이 점령한 것과 같이.

파리의 곤충식당 르페스틴누에서

몽마르뜨 언덕 샤크레쾨르 성당 앞에서

행복한 2015년 가을

'MBC 파워 매거진' 출연 영상과 JTV '클릭 이 사람' 출연한 사진과 내용을 블로그에 올리고, 뉴스포스트 모바일 사이트, '화제의 인물'에 '미래 인류 식량자원 개척자 귀뚜라미 전도사 이삼구 박사'란 제목으로 유럽 3개국 방문성과에 관한 기사도 재편집 혹은 화면캡처를 해서 다시 블로그 기사로 올리는 작업을 했다. 이제는 곤충의 식량됨이 많은 국민들에게 인식되었다.

'EBS 한 컷의 과학' ―제31회 곤충 먹어볼까요?― 프로그램에 출연, 녹화 촬영했다. 조력자인 나도 게스트로 참여했다. 대한민국 어린이와 청소년들의 학습교구로 쓰이는 프로그램까지 진출했다. 곤충이 식품이 된다는 사실을 담은 학습 프로그램이다. 어려서부터 곤충을 먹을 수 있는 것으로 인식하고 자라면 거부감 자체가 없어질 것으로 생각된다. 아이들은 현재 지구상에서 벌어지고 있는 환경오염으로 인한 기후변화, 슈퍼가뭄, 인구증가로 인한 식량난을 제대로 직시하게 될 것이다.

한미연합군사령부, 유엔군사령부, 주한미군사령부의 USFK-ROK 간 긴밀한 동반자 관계 브리핑 행사에 HEAD TABLE에 VIP로 이 박사를 초대했고, 제3땅굴과 JSA 판문점 방문 및 만찬장에서 곤충귀뚜라미가 식량됨과 그 효능이 우수함을 알릴 때 나는 홍보 자료사진을 담았다.

시월 말 이삼구 박사님는 인천 시내 22개 중학교 진로담당교사와 학생들에게 '귀뚜라미는 인류식량'이라는 주제로 특강을 했다. 특강에 참여한 학생들은 이제 물과 식량부족, 인구증가 등 우리의 미래를 심각하게 생각해 볼 것이다. 그리고 그러한 분야도 있다는 것을 알고 자신의 미래 직업이나 진로를 계획할 것이다. 학생들은 귀뚜라미를 맛보기도 했고 호기심을 갖고 다양한 질문을 하며, 이삼구 박사님과 함께 기념사진을 담았다.

인천 시내 중학교 3권역 토요진로 캠프 특강

'2015 대한민국 발명 특허대전'에서 1차, 2차 심사를 거쳐 최종 수상자로 선정되었다. 식용 및 사료용 곤충귀뚜라미 연구 이외에 또 다른 이 박사의 연구 결과물인 인류에게 꿈과 희망을 주는 '주간, 야간 인공무지개 특허'로 대한 변리사회장상을 수상했다.

11.26~29일 3박 4일간 코엑스 A홀에 전시부스를 제공하여 국내외 관심 많은 기업과 개인들에게 무지개를 알리고 상담하고 언론에 인터뷰를 했으며 더불어 식용/사료용 곤충귀뚜라미까지도 알리는 좋은 시간이 주

2015 대한민국 지식재산대전에서 수상하고 축하해 주러 오신 분들과 함께

어졌다. 조력자인 나도 축하의 자리에 함께해 기쁨을 나누었다. 독일에서 김화경, 이옥만 목사님 내외분이 오셨고 많은 분들이 오셔서 축하해 주었다.

세계 식량의 날을 맞이하여 UN FAO(유엔식량농업기구)의 대한민국 제 1호 '이해당사자(Stakeholder)'로 최종 승인이 났음을 알리는 소식이 전해 졌다.

FAO 홈페이지 세계지도에 보면 대륙별 이해당사자가 유럽에 157명 미국에 70명, 유럽에 157명, 중국에 11명, 일본에 6명 한국엔 0명……. 그 0명에서 이제는 1명이 표기되었다. 바로 이삼구 박사다.

곤충귀뚜라미에 대한 관심과 연구, 조국의 식량 자주권을 위해 애쓴 결과가 반영되었기에 모든 사람들이 기뻐하며 축하해 주었고, 이제는 언론에서 대대적으로 보도해 주었다.

FAO 홈페이지에 대한민국 이해 당사자로 등재. 표기된 이삼구 박사

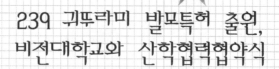

239 귀뚜라미 발모특허 출원,
비전대학교와 산학협력협약식

이삼구 박사의 연구와 특허등록인 지식재산권 확보는 어디까지 일까?
너무나 놀라운 효능이 발표되었다.

바로 탈모 문제다.

사람의 용모 전제 100% 중에 머리가 차지하는 비율은 90%이다.

239 귀뚜라미를 생산하면서 탈모 때문에 고민하는 분들을 위해 발모
기능을 높여서 생산한 239 귀뚜라미가 효능이 검증되었다. 그 효능이 엄
청나게 탁월하여 2개월 만에 머리카락이 수북하게 새싹 돋아나듯 돋아
났으며 모발이 두꺼워지고 색깔 또한 까만색이었다.

8월부터 239 귀뚜라미를 드시기 시작한 독일의 김화경 선교사님이 이
번 11월에 한국에 오셨다. 혈소판 수치가 약한 선교사님은 지난번 독일
에서 뵈었을 때는 무척 약해 보였는데 이번에 모습은 한눈에 보아도 알
만큼 좋아지셨다. 얼굴에 살이 올랐으며 혈색이 아주 좋아보였다. 선교
사님은 모발도 더 굵고 숱이 많아졌으며 힘이 생겼다고 전했다.

아쉽게도 김 선교사님은 귀뚜라미 드시기 전과 후의 머리 모발 상태
를 사진에 자료로 담아 놓지 않았기에 가족이나 지인들 말고는 어떻게
설명을 할 수가 없었다.

이번 실험에 참가한 45세인 남자분은 239 귀뚜라미를 매일 식품으로 먹으면서 매일의 머리, 모발상태 변화 사진을 찍었다. 2개월 후 그 결과가 놀라웠다.

이삼구 박사는 '발모 촉진 및 모낭 개선 조성물질' 특허 출원을 완료하였고, 전 세계 특허권 확보를 위한 국제 PCT를 진행 중에 있다. 이삼구 박사는 특허, 실용신안, 디자인, 상표 서비스표 등 총 43개의 지식재산권을 갖추고 239 사업자들의 권익보호를 위해 종횡무진 연구에 몰두함과 아울러 많은 사람들에게 알리고 있다.

239 귀뚜라미를 2개월간 먹고 찍은
발모상태 비교 사진

이러한 이삼구 박사의 식용귀뚜라미, 가축 및 어류사료 귀뚜라미사업, 건강에 발모제로서의 탁월한 효능으로 우리들의 삶의 질을 높여가는 연구결과 발표와 취재 현장에 나는 동행하여 자료를 남기고 글을 써서 홍보하므로 조력자의 역할을 수행했다.

한국약선음식연구원에서 진행한 약선음식전문가 과정에 합류한 나는 전주비전대학교 미용건강과 이효숙 교수와 같은 1조가 되었다. 음식을 배우고 실습하며 유익한 시간을 함께 보내면서 자연스럽게 이삼구 박사와 만나 이야기 나눌 수 있는 기회를 만들었다. 이효숙 교수는 두피 및

전주비전대학교와 벤처기업239 산학협력협약식과 보도자료

발모 관련 연구를 오래 해오고 있는터라 이삼구 박사와 아주 이야기가 잘 통했다. 산학협력 협약식을 준비했다. 그리고 바로 진행되었다.

2016년 1월 첫 행사다. 연합뉴스, 한국대학신문을 비롯 전북일보 등 14개의 언론사에서 보도 자료를 냈다. 전주비전대(총장 한영수)와 벤처기업 239(대표 이삼구)는 산학협력 협약을 체결, 두피 및 모발 관리 분야에서 협력하기로 하고, 두피 및 모발 관리 관련 특허와 기술정보를 교류하고 임상연구도 함께 진행하기로 했다. 미용건강과 이효숙 교수는 "대학과 벤처기업239 양 기관이 서로 협력해 발모제 등 다양한 미용제품 개발을 추진하고, 미용산업의 1인 창조기업도 지원할 계획이라고 말했다." 가 보도자료의 주요 내용이다. 비전대학교 미용건강과는 교내에서 두피관리센터를 직접 운영하고 있으며, 중소기업청의 참살이실습터 사업을 통해 두피관리사를 양성하고 있어 발모 및 피부미백관련 특허(지식재산권)를 가지고 있는 벤처기업239와 협력하기에 좋은 조건이다. 이날 협약식에 나는 벤처기업239 홍보대사 자격으로 동행했다. 이삼구 박사는 향후 239는 "탈모예방 및 발모치료, 피부보습, 주름살제거 및 기능성 화장팩 개발에 전력을 다할 것"이라고 밝혔다.

나의 작은 역할이 우리나라 식량주권을 세우고 단백질 혁명을 시작하는데 일조했다고 생각하니 마음이 흐뭇하다. 또한 우리들의 삶에 꼭 필요한 피부미용과 두피 및 모발에 아주 유익함을 주는 사업으로서 발돋움하는 데 산학협력협약을 할 수 있도록 조력했음도 마찬가지다.

나는 앞으로도 건강 때문에 어려움을 겪는 분들이나 두피 및 탈모 때문에 심각하게 고민하는 분들에게도 인식만 바꾸면 쉽게, 맛있게 먹을 수 있는 귀뚜라미를 이야기할 것이다. 실제로 239 귀뚜라미는 이삼구박사의 많은 연구개발로 일반 귀뚜라미와 달리 고소하고 맛이 좋은 기능성 귀뚜라미를 생산해 내고 있다. 기후변화에 따른 물 부족과 인구 증가에 따른 식량부족을 이겨낼 대안 지속가능한 단백질공급원 곤충, 그중에서도 우리나라 실정에 가장 적합하여 생산자가 고소득을 창출하고 잘 살 수 있는 곤충 귀뚜라미산업의 우수성을 계속 홍보하며 함께 할 것이다.

왼손잡이 아이

주.손짱한복 대표 황이슬과 나

우리 한국인들의 편견 중 하나가 있다.

왼손잡이가 일을 하면 어설프게 보는 것이 바로 그것이다.

그들이 무엇인가 도구를 가지고 일을 하면 바라보는 것만으로도 불안
하다.

특히 요리를 하기 위해 칼을 쓰는 행동은 더욱 그렇다.

왼손으로 기가 막히게 글씨를 잘 쓰고

왼손으로 기가 막히게 요리를 잘 하고

왼손으로 기가 막히게 그림을 잘 그리고

왼손으로 기가 막히게 재단을 잘 하고

왼손으로 온갖 액세서리를 전문가 이상으로 잘 만들던 아이.

그다지 말이 없으면서 자그마한 손으로 요 모양, 조 모양 만들기를 잘 하는 아이…….

그리기면 그리기, 만들기면 만들기, 오리기면 오리기, 종이접기면 종이 접기…….

이런 것들을 스스럼없이 잘 하던 아이…….

서두를 길게 펼쳐 설명한 그 아이는 이제 아이가 아니라 성인이다. 아니 당당한 청년이다. 어여쁜 아가씨다. 사업가다. 손짱디자인한복과 세컨 브랜드 리슬을 이끌고 있는 ㈜손짱 대표이다. 의식(意識)있는 아가 씨, 의식주(衣食住) 중에 (의)衣를 담당하고 있는 멋진 청년이다.

이십대 젊은 나이에 법인 주식회사를 운영하고 있는 손짱한복 대표 황이슬. 나의 조카이기도 한 그녀가 바로 그 왼손으로 모든 것을 척척 해내던 아이다.

손짱한복 홍보대사이기도 한 나는 우리 이슬이가 성장하는 모습을 곁 에서 쭉 지켜보았다.

젊은 애 같지 않게 차분하면서 자기 일을 잘 찾아서 하고 멋진 결과물 을 만들어내는 아이였다.

공부도 제법 잘했던 이슬이는 엄마, 아빠 그리고 이모의 조언을 받아 공무원이 되려고 본인의 성적에는 선택하기 참 꺼렸을 농대 산림자원과 에 지원했다.

노무현 정부 시절 지방분권 일환으로 계획된 국가행정기관 이전 계획에 산림청이 전라북도 전주로 오도록 확정되었기에 도내 대학생 중 우수한 성적의 학생은 산림청에 취업하기 쉬울 것으로 예상되었기 때문이었다.

착하고 효녀인 이슬이는 성적에 연연하지 않고 어른들이 조언하는 대로 진학을 했다.

한복을 디자인하고 있는 황이슬 대표

손짱한복 매장이 오픈하기까지

평소 그림 그리기를 아주 잘하는 이슬이는 그 무렵 우리나라 전역에 신드롬을 일으킨 만화 '궁'을 즐겨 보았고, 만화가 배우 윤은혜 주연으로 '궁'이란 드라마로까지 발전해서 공존의 히트를 기록하던 때, 엄마한테 부탁해서 드라마 '궁' 속 의상인 미니 한복을 만들어 달라고 해서 입었다.

일상의 날에? 아니, 전북대학교 축제 대동제 만화동아리 코스프레 행사에~

손짱 황이슬 대표가 대학 1학년 축제 때 처음 입었던 미니 한복

그녀는 즐겁게 축제에 참가했고 추억의 사진을 담아 블로그에 올렸다.
일은 이때부터 시작되었다.

블로그를 방문한 이슬이 또래의 아이들이 그런 옷을 입고 싶어 하는 댓글을 줄줄이 연이어 달았고 의외로 한복을 좋아하는 매니아층 수요가 있다는 것을 알게 되었다.

그래서 이슬이는 통신판매 사업자등록증을 내기로 마음먹었다.

엄마가 손으로 만들어준 의상……. 그래서 사업자등록증상 상호명도 '손짱'으로 정했다.

당시 고등학생이던 이슬이 동생들과 머리를 맞대고 이름을 어떻게 지을까 협의해서 '손으로 만든 최고의 우리 옷'이란 뜻을 담아 '손짱'이라고 정했다. 이슬이의 바로 밑에 동생 혜련이의 아이디어가 채택, '손짱한복'이라는 이름으로 사업자등록증을 개설하게 되었다.

그렇게 하여 첫 번째로 서류상 상점이 생겼다.

그리고 이슬이는 홈페이지를 만들었다.

당시 홈페이지를 전문가에게 제작·의뢰하면 대략 1,500~2,000만 원 정도의 비용이 드는데 이슬이는 대학 도서관에 가서 '홈페이지 만드는 법'에 대한 책을 두어 권 대여해 오고 나는 좀 더 보완할 수 있도록 시립 도서관에 가서 '홈페이지 잘 만드는 방법'에 대한 책 두어 권을 대여해 와서 활용하라고 전해 주었다. 시간을 투자하여 책을 보고 홈페이지 만드는 방법에 몰입하고 몰입하여 근사한 홈페이지를 만들어냈다.

그렇게 하여 두 번째로 인터넷상 '손짱한복' 상점도 생겼다.

옷을 지어 판매하면 완성본을 사진 찍어 홈페이지에 올리고 손님에게는 '입고 활동한 사진을 후기란에 올려주시면 다음에 맞출 때 10% 할인'

을 제안해서 후기사진을 올릴 수 있도록 홍보했다.

때마침 돌잔치를 하는 엄마들이 아이와 함께 퓨전한복을 입고 잔치하는 것이 유행하였다.

우리 손짱 디자인한복에서는 돌을 맞이하는 아이가 한 번 입고 다시 입기 어려우니 판매 말고 대여코너를 만들자고 의견을 모았다.

즉시 실행에 들어갔다.

딸이 돌이면 엄마와 세트 한복을, 아들이 돌이면 아빠와 세트 한복을 입고 위의 형제자매가 있으면 같은 성별끼리 똑같은 옷을 입고 잔치하고 사진을 찍고 SNS에 올려 홍보하고 인터넷카페 동호회 회원끼리 공유하는 문화가 형성되기 시작했다.

재주 많고 그림 그리기 좋아하는 이슬이는 아주 근사한 퓨전한복 디자인을 출시해서 홈페이지에 올리면서 상품 이름을 '샤론'이라고 지어 올렸다. 상품이 출시되자마자 여기저기에서 대여예약이 줄을 섰다. 이슬이 혼자서는 감당하기 어려울 만큼 수요가 많아졌다. 홈패션 일을 하던 언니(이슬이 엄마)가 이슬이의 한복 하는 일을 도왔고 이모인 나도 일을 도왔다. 사람들은 홈페이지에 사진을 보고 예약을 해 놓은 후에 오프라인으로 상품을 보러 오겠다고 했다.

손짱한복은 그때 정식 매장이 없었다. 직접 와서 실물 한복을 보겠다는 손님에게 집안 거실로 들일 수는 없어서 조그마하게라도 매장을 만들어야겠다고 의견을 모았다.

언니에게는 상가지역이 아닌 주택단지 안에 50평 규모의 2층 상가주택이 있었다. 1층 상가는 비어있는 상태로 2층만 세를 주고 있는 건물이었다. 실제 상품을 보러 오고 싶어 하는 온라인 손님을 위해 비어있는 1층 상가 한 곳에 자그마한 매장을 만들기로 했다.

큰돈 들이지 않고 도배 깔끔하게 하고 일반전화기 개설하고 손짱 디자인한복 간판 달고……

이렇게 해서 세 번째로 정식 손짱 디자인한복 상점(매장)이 생겼다.

3단계에 거친 퓨전한복 손짱, 손짱 디자인한복 상점이 완성된 것이다.

1. 통신판매 사업자등록증 발급
2. 홈페이지 개설
3. 매장오픈

모든 것을 완벽하게 해 놓고 시작했다면 결코 오픈하지 못했을, 아니 많은 어려움을 겪었을 텐데 사이버상에서 먼저 전자상거래 사업자등록증을 내고, 홈페이지를 만들고, 오프라인 매장을 내니 큰 자본 없이 손짱한복의 모든 구성이 완벽하게 갖추어지게 되었다.

손짱한복의 성장과 영문 홈페이지 개설로 한복의 외국 수출

한 세트, 두 세트 신상품 한복들이 늘어갔다. 한두 가지 상품 가지고는 밀려드는 주문을 다 소화할 수 없었을 뿐만 아니라 소비자들에게도 여러 벌 중에서 선택할 수 있는 기회를 주도록 하기 위해 '향수', '향수2', '향수3', '백리향', '홍매수화'를 디자인해서 제작, 출시했다. 소비자들이 알아봤다. 상품의 진가를⋯⋯. 비록 어린 대학생이 디자인한 상품이지만 이슬이는 디자인 감각이 있는 아이였다. 홈패션 일을 하던 언니는 오래전 전국 한복기능대회에 출전해서 동상을 받은 저력이 있었다. 딸은 디자인을 하고 엄마는 제작 생산을 하고, 이렇게 두 모녀가 하모니를 이루니 멋진 한복이 탄생되었고, 소비자들의 반응은 폭발적이었다. 연속적인 대박상품들이 되었다. 특히 '미인' 상품은 외국으로 유학 간 한국 학생들이 프롬파티 할 때 가장 많이 주문하는 드레스가 되어 계속적으로 맞춤 주문이 쇄도했다.

아주 대박이 났다.

덩달아 손짱한복이 인터넷상 유명한 한복업체로 자리를 잡아갔다. 처음엔 가족끼리 가능했지만 주문이 많아지고 규모가 커질수록 함께 일할

인력이 더 많이 필요했다. 한복 바느질을 해주시는 기술을 가지신 분들이 3~4명으로 늘어났고, 대여해서 행사를 치르고 돌아온 옷을 세탁하는 세탁실과 다림질실에서 일하는 사람이 2명, 포장 및 배송하는 일을 담당하는 사람이 2명, 점심식사 준비 및 도움실에서 일하는 사람이 1명 등등 여러 명의 직원이 합류해서 일하게 되었다. 일자리 창출에도 일익을 담당하는 반열에 오른 셈이다. 이슬이는 이렇게 일과 학업을 병행하면서 4학년 대학과정을 우수한 성적으로 졸업했다. 그리고 한복에 대한 전문성을 쌓기 위해 숙명여자대학교 의류학과 동양미학·한국복식 전공을 택해 대학원 진학했다. 이슬이는 모범생 중 모범생이다. 한결같은 성실함을 가진 것은 물론 특히 본인이 좋아하고 펼쳐놓은 사업인 한복일과 접목되는 학문을 만났으니 모범생의 진면목이 여실히 나타날 수밖에. 전주에서 서울을 오가며 열심히 연구하고, 실습하고, 발표하고, 조교 생활을 병행하면서 담당 교수님의 총애를 받으면서 대학원과정 석사학위까지 잘 마쳤다.

그 사이 손짱한복은 놀랄 만큼 성장했다. 작게 시작한 매장은 1층 전체를 다 사용하게 되었고, 영문 홈페이지를 만들어 외국에 있는 유학생이나 교민, 한복을 좋아하는 현지인들에게까지도 맞춤한복을 주문받아 제작 배송했다. 이슬이가 유창한 영어 실력을 가진 아이는 아니었다.

고3 수능 시험 후, 모의 토익시험 치루어 본 게 다인 영어실력은 300점, 그러나 도전을 두려워하지 않는 이슬이는 영어로 옷을 판매하는 여성의류사이트에 들어가 필요한 문장들을 메모 복사해서 한복상품 설명문으로 바꾸어서 영문 홈페이지를 만들었다. 국내 한복쇼핑몰은 워낙 많은 업체들이 생겨나 가격 경쟁도 치열하고 광고를 해야만이 매출을 꾸준히 유지하는 데 비해 외국에 한복을 영문으로 판매하는 개인쇼핑몰은 없었으므로 독점 그 자체였고, 지속적인 매출 성장세를 만들어 낼 수 있었다. 대한민국을 통틀어 한복을 지어 외국에 파는, 다시 말해 수출하는 곳은 우리 손짱한복이 유일했다. 나는 그때 손짱한복의 배송과 상담을 담당하면서 밤이 늦도록 컴퓨터 앞에 앉아 이런저런 연구에 연구를 거듭하고 있는 이슬이와 말벗이 되어 주기도 했고 야식을 함께 먹으며 이슬이의 멋지고 당찬 꿈을 펼칠 수 있도록 도왔다.

책 쓰기 제안

손짱한복이 자리 잡고 안정기에 들어설 즈음 한복대여사업이 "되네~!" 하니까 여기저기 우후죽순으로 한복대여점이 생겨났다. 그래서 손짱의 수직적인 상승세가 일단락되고 매출이 더 이상 오르지 않을 때쯤 나는 이슬이에게 제안을 했다. 책을 써 보라고.

유길문 독서클럽 회장님이 쓴 책 『책 쓰는 사장』을 선물로 건넸다.

『책 쓰는 사장』 유길문

이슬이는 책 써보라는 나의 권유를 받아들이고 눈에 가장 잘 보이는 곳에 "2014년에 나는 반드시 책을 쓴다."라는 글을 써 붙였다. 그렇게 다짐한 이슬이는 아무리 바쁜 일이 있어도 매일 한 꼭지씩 글을 썼다. 이렇게 무엇인가를 하려고 계획하면 목표 글을 써서 놓고 매일 보는 것이 중요하다. 보고 읽고, 보고 읽으면 잊지 않고 실행하게 되니까 말이다.

우리의 삶 의식주(衣食住) 중 의(衣)에 대한 사랑과 열정은 나이 어린 이슬이를 따라갈 만한 사람이 어디 또 있을까 싶을 만큼 열정적이다. 특히, 한복은 입고 나서는 순간 누구에게나 주목받으며 보여지는 옷이다. 그런 한복이 거추장스럽다고 홀대받는 시대에 일상복처럼 입고 다니며 많은 사람들에게 "대단한 청년이야"라는 감탄사를 자아내게 하고 관심을 갖게 만드는 이슬이, 움직이는 전통문화상품 의복에 강한 애착을 갖고 있는 이슬이다.

이렇게 한복에 대한 사랑과 열정이 있는 이슬이가 한복과 연관 지어 글을 매일 한 꼭지씩 만들어 낼 수 있음은 의식(意識)을 올바르게 갖고, 목표를 확실히 세웠기 때문이다. 젊은 사람들이 별로 관심 갖지 않았던, 아니 기성세대들조차도 그다지 관심을 갖지 않았고, 우리 고유의 옷을 현대 생활에 맞게 입기 편하게 보급하려고 노력하지 않았는데 이슬이는 달랐다. 한복을 일상복처럼 입을 수 있게 만들려고 하는 목표가 있었고 실제로도 이슬이는 일상복처럼 입고 다니는 열정이 있었다. 그랬기에 매일 한 꼭지씩 한복과 관련된 글을 쓸 수가 있었을 것이다. 초고를 완성하고 오자 체크와 문맥을 봐 달라고 나에게 초고를 보내왔다. 이렇게 중요한 일들을 진행함에 있어 나에게 의견을 묻고 조언을 구하는 이슬이가 사랑스럽고 또 대견스러웠다.

정신문화의 도시 전주엔 한 스타일이 중심이다. 한옥, 한복, 한지 한 스토리이다.

멋진 한 스토리를 만들기 위해 한옥마을 향교에서 출발해 경기 전까지 한복 퍼레이드를 벌였다. 반응이 정말 뜨거웠다. 한옥마을 내에 입주해 있는 상점의 주인들도 그렇고 관광객들도 너무 좋아했다. 볼거리가 되는 것은 물론 한옥과 함께 사진에 담아낼 아름다운 우리 옷이어서 더욱 그렇다고 했다.

　젊은 청춘들이 모여 손짱한복에서 디자인하고 제작 생산한 한복을 입고 퍼레이드를 하는데 이삼구 박사와 우리교육원 박진영 국장과 나는 멋진 퍼레이드 대열에 동행했다. 기록으로 남기기를 좋아하는 나, 의식 있는 젊은이들의 의미 있는 행사에 함께하고도 싶었고 나의 삶의 멋진 날로 기록으로 남기고 싶었다. 한복을 입고 한옥마을 퍼레이드 하던 그날의 사진을 보면 행복해지고 빙그레 미소가 지어진다.

전주 한옥마을 한복 퍼레이드를 할 때 젊은이들과 함께했다.

손짱한복의 디자인특허와 상호서비스표 특허를 변리사에게 의뢰하지 않고 이슬이 본인이 스스로 특허청 홈페이지 들어가 회원가입을 하고 특허등록방법을 읽어가며 모르는 것은 전화로 직원들과 상담해가며 등록해서 당당하게 지식 재산권을 확보해 놓기도 했다. "우리 것은 소중한 것이여~!" 가장 세계적인 것이 우리 것이라는 것을 알면서도 누구 하나 시도해 보지 않았던 한복 맞춤으로 수출까지 하게 만든 이슬이는 지극히 작은 것부터 출발해서 아주 큰 영역까지 확장하는 놀라운 면모를 보였다.

　책 쓰기를 진행하면서도 각종 한복관련 행사에 참여하고 전통문화공예품대전에 출전해 우수한 실력을 인정받아 입상을 했으며, 한복 패션쇼에도 출전했고, 전라북도 무형문화재 22호이신 침선장 최온순 님께 전통침선교육을 이수하여 수료증을 받기도 하면서 여러 가지 일을 진행했다. 그리고 오프라인 매장을 넓히기 위해 건물을 샀다.

　4층 건물이다. 구입한 빌딩 지하에는 스튜디오를, 1층에는 이슬이 아버지가 운영하시는 침구사업 매장을, 2층에는 손짱한복 매장을, 3층에는 이모가 운영하는 인성드림 교육원으로, 4층에는 안채를 들이고 이사를 했다.

　28세 젊은 아가씨가 4층 빌딩의 주인이 된 것이다.

『나는 한복 입고 홍대 간다』책 출간

새 보금자리로 이사한 후 연이어 2014년 8월에 이슬이의 이름으로 된 책이 출간되었다.

저자: 황이슬
『나는 한복 입고 홍대 간다』

『나는 한복 입고 홍대간다』 출간 – 라온북

한복 입는 문화를 만들기 위해서 틀 깨기, 재미 만들기, 문제 만들기, 안달 나기로 이어지는 이야기를 잘 엮어서 책을 만들어냈다.

손짱 조력자인 나, 그녀의 이모가 되는 나에 대한 한 문장이 눈에 들어온다.

"진취적 긍정 마인드를 심어주시고 실질적 아이디어로 손짱에 자양분을 공급해 주시는 홍보대사 윤덕 이모, 정말 감사합니다."

출간 기념으로 손짱한복 세컨 브랜드 리슬을 론칭하고 실제로 홍대입구 거리에서 손짱 한복과 리슬 한복을 입고서 퍼레이드를 펼쳤다. 여러 언론사가 와서 취재를 하고 보도를 했다.

조카 이슬이 책으로 독서토론과 출판기념회를 열어달라고 리더스 독서클럽 회장님께 제안하며 부탁드렸다. 임원회의에 올려보겠다고 답을 주셨는데 시간이 얼마 지나지 않아 리더스 독서클럽 임원회의에서 흔쾌히 수락되어 추석 전 토요일에 이슬이의 책 『나는 한복 입고 홍대 간다』 책이 토론 선정 도서로 확정되었다.

『나는 한복 입고 홍대 간다』 저자 초청 독서토론 플래카드

가능한 책 제목에 맞게 한복을 입고 독서토론을 하자고 다시 한 번 제안했다. 나는 최대한 사람이 많이 참여할 수 있도록 연락을 했고, 회원들에게, 지인들에게 가능한 한 한복을 입고 참여해 주실 것을 부탁드렸다. 토요일 새벽 시간에 하는 독서토론이어서 한복 입는 것이 불편할 수도 있지만 조금만 성의를 갖는다면 입을 수 있다고 생각했다.

대성공이었다. 명절 바로 전 토요일이었음에도 여느 독서토론 때보다 사람도 많이 참석했고 한복 입은 회원들이 무려 26명이나 참석했다. 이른 아침 우리 독서토론 현장에는 꽃이 핀 것처럼 화사했으며 화려했으며 독서토론과 출판기념회장이 축제 같았다. 특히 작가 특강 시간이 있었는데 궁중당의를 입고 참석한 주인공 이슬이는 한국인이면서도 한복에 대해 일반인들이 모르는 부분들과 한복의 우수성을 강의해 주었다. 의식을 갖는다는 것, 의복다운 의복을 알고 착용한다는 것이 얼마나 중요한지를 다시 한 번 일깨워주는 시간이었다. 그리고 말미에 비단 연두색 보자기를 전체 인원에게 나누어 주고 보자기로 선물 포장하는 방법을 알려주었다.

"예전엔 선물 포장지가 어디 있었나, 모두 보자기에 어여쁘게 싸서 드렸지……."

독서토론에 참석한 회원들은 그날 아침 아주 예쁘게 보자기 포장을 마무리하는 포장기법을 배우게 되었다. 그리고 그 비단 연두색 보자기는 모두에게 선물로 주었다. 모두 행복해했다. 황 작가라는 호칭을 들으며 예우받기 시작한 우리 이슬이는 나보다 더 행복했으리라.

리더스클럽에서 독서토론을 하면서 보자기 선물포장기법 안내 샷과 단체사진

손짱한복 세컨 브랜드 리슬

스펙이 아닌 스토리를 만드는 즐거움!

당당하고 행복하게 내 일을 하는 즐거움!

꿈을 꾸고 그 꿈을 성취해가는 즐거움을 선포했다. 그녀만의 세상을 함께 나누며 공유하기 위해 그녀는 『나는 한복 입고 홍대 간다』 책에 참 짜임새 있게 이야기를 담아냈다.

한복을 청바지처럼!

청년 패션 창업기를 책으로 내니 이슬이의 위상은 한층 높아졌다.

세컨 브랜드 '리슬'이 론칭되니 생활한복시장이 크게 반응했다.

책은 선풍적 인기를 끌었고, 리슬은 한복을 좋아하는 젊은층에 돌풍이 되었다. 아니, 한복에 별로 관심이 없던 사람들까지도 입기 편하고 보기에 예쁜 생활한복 리슬을 좋아하고 적극 호응해 주었다. 그녀의 삶에 변화가 찾아왔다.

훨씬 더 행복하고 좋은 변화이다. 그녀의 책을 읽고 감동받아 매장까지 찾아오는 손님이 생겼고 선배로 존경하는 후배가 생겼고 한복 일을, 디자인 일을 해보고 싶어 하는 사람들이 연일 연락을 해 왔으며 한복 관련 포럼이나 세미나가 열릴 때면 연사 혹은 발표자로 초대되었다.

수많은 독서토론 현장에서 저자와의 만남을 요청·의뢰하였다. 학교에서도 꿈을 이룬 청년 사업가로 초청하여 강연을 요청하고, 문화 기획을 하는 각종 단체에서도 조언을 의뢰하거나 강의를 요청하거나 한복 협찬을 의뢰했다. 한복산업과 한복디자인 관련 진로체험을 하려는 고등학교 학생들의 성화에 담임선생님들이나 학부모님들이 연락을 해 와서 1박 2일 혹은 2박 3일 일정의 진로체험을 할 수 있도록 문을 열었다. 이 프로그램을 통해서 제2의 황이슬이 계속 탄생되리라고 생각된다.

승승장구의 나날이다.
이전의 삶과 완전히 판도가 바뀌었다.
전문가로서 인정을 해주는 것이었다.

나는 손짱한복이 온라인 쇼핑몰로 시작해서 오프라인 매장을 오픈하고 책을 내기까지 동고동락하면서 조언해주고 홍보해주며 성장해가는 모습을 가장 가까이서 함께했다. 세컨 브랜드인 '리슬'은 청소년과 젊은 세대 그리고 한복을 일상에서 자주 입는 분들에게 아주 선풍적인 인기를 끌고 있다. 나 역시도 시 낭송 공연을 할 때는 손짱한복을 입고 공연 무대에 서지만 강의할 때나 일반 행사를 할 때는 리슬한복을 입는다. 자연스럽게 홍보하면서 리슬을 알리고 리슬에 도움을 주기 위해서이다.

서울대학교에서 특강할 때에도 리슬한복을 입었고, 음악회 참석할 때도 입었다. 음악회에 오셔서 공연하신 성악가님들의 드레스와 함께해도 아주 멋지게 어우러졌다.

성악가님들과 함께 리슬한복을 입고　　　나태주 시인님과 풀꽃문학관 개관 1주년 기념식날

　　나태주 시인님의 풀꽃문학관 개관 1주년 기념행사 때에도 리슬한복을
입고 참석했으며, 김제 트리하우스에서 감성 시 낭송강의를 할 때에도
리슬한복을 입었다. 관련 행사를 취재하러 나오신 방송국에서도 리슬한
복이 예쁘고 실용적으로 보인다면서 굉장한 관심을 갖고 인터뷰를 하기
도 했다. 2015년 재능시 낭송 전북지회 정기공연 할 때는 무대공연이었
지만 낭송시에 맞추느라 리슬한복을 입고 공연했는데 만나는 사람마다
예쁘다며 칭찬해 주었고, 관심 많은 사람은 어디서 구입할 수 있냐는 질
문을 하며 참 예쁘고 입고 싶은 우리 옷이라고 평해 주었다.

중학교 꿈 진로코칭교육 리슬한복을 입고　　　2015 재능시 낭송회 정기공연 리슬한복 입고

한복 하면 황이슬, 황이슬 하면 한복

전라북도 스타 소상공인 공개오디션에 선정된
손짱 황이슬

한복 하면 황이슬이고 황이슬 하면 한복이다.

한복을 통해 꿈을 이룬 황이슬, 더 크고 멋진 꿈을 만들어 펼쳐가고 있으며 한복디자이너가 되고 싶은 지금의 청소년들에게 롤모델이 되어 주고 있다. EBS 세계청춘도전기에 주인공이 되어 태국에 가서 일주일을 머물며 촬영하여 방영되었으며, 공개 오디션 전라북도 스타 소상공인에 선정되어 2천만 원을 지원받으며 많은 소상공인들의 부러움을 사기도 했다.

주식회사 손짱, 손짱디자인한복, 리슬 로고

4층 건물을 구입한 지 일 년 만에 다시 바로 옆 전주역 출구 맞은편에 주차장이 완비된 대지 205평, 건평이 75평으로 지하에서 3층까지인 건물을 구입하여 본격적으로 전층 사업장 규모를 갖추고 아주 성실하게 열심히 사업을 이끌어 가고 있다.

　주식회사 손짱/리슬 홈페이지도 아주 고급스럽다. 나이 어린 조카이지만 법인회사의 대표가 된 황이슬은 성실하고 황이슬만의 좋은 콘텐츠 '한복'이 있기에 주변에 많은 좋은 사람들을 만나 더욱 탄탄하게 성장하고 있다. 나 또한 이슬이 이모로서 손짱한복의 홍보대사로서 조력자가 되어 이슬이에게 도움 주고 손짱에 자양분을 공급할 수 있어 기분 좋고 한없는 보람을 느낀다.

예쁜 우리 조카들 네 자매

손짱/리슬모델 셋째 혜진이

정성을 다하는 감로헌

전주 시내 전북대학교 정문 앞 전북은행 본점 곁에는 약선음식전문점 '감로헌'이 살포시 자리 잡고 있다. 여느 음식점과는 다르게 생긴 감로헌의 출입문을 열고 들어서면 글귀가 보인다. 인쇄한 글이 아니다. 손으로 쓴 글이다.

조현주 대표와 감로헌 앞에서

"감로헌의 아침은 약초를 달이는 일로 시작합니다.

인삼, 황기, 천문동 같은 기를 보호하는 약초와 지황, 당귀, 작약, 대추 같은 혈을 보호하는 약초들로 달여진 물은 음식을 만드는 기초가 됩니다. 옛 어른들이 그랬던 것처럼 모든 음식에 설탕 대신 조청, 꿀, 감초, 천문동, 산수국잎 등을 사용하고 미역, 다시마와 같은 해조류로 만든 소금에 감이나 오미자로 만든 식초를 사용하고 있습니다. 정성을 다하는 감로헌입니다."

얼마나 정성스럽고 어여쁜지 마음이 담뿍 들어있다.

음식을 먹지 않아도 그 문에 들어서면 내 몸 안으로 정성이 스미어 들어온다.

하늘에서 단 이슬이 내려와 맛의 중심이 된다는 뜻이 담긴 감로헌

감로헌을 알게 된 건 오래지만 직접 가서 음식 맛을 보게 된 계기는 나를 리더스 클럽으로 안내했던 최혜영 선생을 통해서다. 전라북도 강사협회 회원이었던 최 선생이 우리들의 모임장소를 감로헌으로 정했다. 조현주 대표는 어여쁜 우리 옷차림으로 색이 곱고 정갈하게 담기어 먹기에 아까우리만큼 예쁜 약선음식들을 자세하게 설명해 주는 모습으로 처음

만났다. 화학조미료를 전혀 사용하지 않고 자연 그대로의 맛을 우려내서 만든 모든 감로헌의 음식은 정성 그 자체였다. 감로헌의 약선음식 밥상은 먹음직스러움 이전에 아름다웠다. 어여뻤다. 감로헌에서 식사를 하기 위해 상이 차려지면 반드시 카메라를 꺼내게 된다. 왜냐면 카메라에 꼭 담고 싶을 만큼 밥상이 아름답기 때문이다.

약선요리란 약과 음식은 하나라는 약식동원. 좋은 음식을 먹어 건강을 기른다는 영식양생.
우리 땅에서 나는 게 좋다는 신토불이 등의 사상이 집약된 우리나라 전통의 건강음식이다.

이렇게 나의 눈과 혀끝을 매료시켜버린 약선 밥상을 만난 후 나는 감로헌에 자주 가게 되었다. 그리고 나이가 같다는 이유로 조 대표와 친구가 되었다. 감로헌이 더욱 번성하고 많은 발길이 이어지기를 바라는 마음 가지고 글을 사진을 담아 블로그에 올리고 여러 사람들에게 알리기 시작했다. 이 세상을 살아가면서 좋은 사람과 함께 밥 먹는 일보다 더 행복한 일이 어디 또 있으랴. 사람의 의식(意識)을 바꾸는 것은 생활 속에 의식주(衣食住)가 다 해당되지만 그중에서도 식(食)이 아주 중요하다는 것을 나는 안다.

우리나라 산천에서 난 신선하고 우리 몸에 잘 흡수되는 식재료 원료를 고집하고 특히나 감로헌의 조 대표 농장에서 직접 길러 내온 야채들로 만든 약선밥상은 심신이 지쳐있는 사람에게 마음을 편안하게 해주고 원기를 북돋워준다. 이런 밥상을 알리고 홍보하는 것은 참으로 즐거운 일이다. 나의 홍보를, 돕는 나를 좋아하고 기뻐하고 고마워하는 조 대표의 표정을 보며 대화를 나누다 보면 나는 더욱 행복해진다.

조 대표는 유쾌하게 웃기를 잘하고, 배우기를 좋아하고, 대접하기를 좋아한다. 나하고 코드가 맞다. 끌리는 데가 있다. 끌리면 다가가는 것인가 우리는 자주 만나서 이야기를 나누었다. 시골스러우면서도 세련되고 투박하면서도 멋스런 무언지 모를 매력이 넘치는 여장부 같은 느낌의 소유자 조현주 그리고 나 서윤덕, 닮았기에 더욱 끌렸던가 했더니 알고 보니 우린 고등학교 동창생, 그것도 3학년 같은 반이었다. 세상에나~!

감로헌에서 '지당'이란 호를 받다

'있는 그대로 참 아름다운 너'

감로헌에는 이런 캘리그라피 글귀가 있다. 나는 그 글귀 아래서 즐거
워하며 자주 약선밥을 먹고 조릿대 차를 마신다.

달감(甘) 이슬로(露), 단 이슬이 내려와 온 세상 사람들이 깨달아 알게
하여 의식(意識) 있는 사람들로 만들어주며 은혜를 베풀어주는 곳, 맛의
중심이 되는 곳, 즐기며 지칠 줄 모르는 곳, 사람의 억울한 모든 것이 풀
어지는 곳. 감로헌은 막힌 것들이 뚫리게 되고, 어두운 곳을 밝히 비추
어 주고, 모든 계약들이 스스럼없이 체결되게 해 주는 곳이라는 의미도
담고 있다.

의식(意識)이 바른 사람들로 연결되어 의식(衣食)문화에서 식(食)의 중심
이 되는 곳 감로헌, 감로헌은 음식점이긴 해도 예사 음식점이 아니다. 감
로헌 문을 열고 들어가면 천장 한 중앙에 삼태극이 있다. 삼태극의 의
미를 아는 사람은 깜짝 놀란다. 동양 고전을 공부하신 분들이나 전주의
좋은 터를 알고 계신 분들은 입을 모아 말씀하신다. 음식점 한 중앙 천

정에 삼태극이있다니 감로헌은 예사 음식점이 아니라고, 삼태극은 천지인을 의미하고 하늘, 땅, 사람(천지인) 중에서 사람이 중심이 되어 우주의 질서를 잡을 수 있다고 보는 사상인데 그 삼태극이 감로헌 천정에 있으니 크고 큼을 느낄 수밖에.

리더스 아카데미 한문반에서 천자문을 지도하고 있는 훈장님으로부터 나는 감로헌에서 '호'를 받았다.

"호는 어떻게 짓는 거예요?"라는 나의 질문에 예를 들어 설명해주었다.
[후광 김대중], [거산 김영삼] 두 분 대통령의 호는 대통령이 태어난 지명을 따서 지었다고 했다. 땅의 기운과 함께하면 큰일을 해낼 수 있으며 땅은 모든 생명을 키워내기 때문이라고 알려 주었다. 그 이야기를 들으면서 나는 "내 고향 주소는……." 하면서 내 고향 주소를 읊었다.
전북 남원군 주생면 지당리 180번지.

"지당?"
"네. 지당리예요."
"지당! 지당!"
"그거 좋네요. 지당! 지당으로 하면 좋겠어요."

긍정의 어원 '지당'
이치에 맞고 지극히 당연하다는 뜻이 있다. 영원토록 향기를 품어내는 사람으로서 주위에 선한 영향력을 펼치는 사람이 된다는 뜻을 가진다고 했다.

'지당'이란 호를 받고 기분이 좋았다. 감로헌에서 호를 받게 되니 기쁨이 두 배였다.

무슨 일이든 술술술 풀린다는 감로헌. 그렇잖아도 나는 내가 하는 모든 일이 술술술 잘 풀린다. 내가 돕는 사람들도 사업도 잘 풀린다. 지당이란 호를 받았으니 내 삶이, 나와 더불어 함께하는 사람들의 삶이 더 잘 풀릴 것이라고 예견된다.

왜? 나는 의식(意識) 있는 사람이니까.

왜? 나는 긍정적인 사람이니까.

왜? 나는 감동을 주는 사람이니까.

왜? 나는 의식(衣食)(손짱한복, 식용곤충 239귀뚜라미, 감로헌 약선음식) 조력자니까.

그리고 먼저 손 내밀어 사랑을 주는 사람이니까.

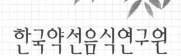

한국약선음식연구원

감로헌의 조현주 대표는 한국약선음식연구원을 개원했다.

약선음식전문점을 운영하는 대표로서 약선음식을 더 밀도 있게 연구하고 더 많은 사람들에게 가르쳐 알게 하고 전국적으로 많은 약선음식이 알려져 나누기를 바라는 마음에서다.

의식(意識)을 바꾸고 식(食)문화를 제대로 정착시켜 보고자 하는 데서 출발했다.

유네스코 창의 음식도시로 선정된 전주는 맛의 고장이다.

전주 비빔밥 외에 어떤 맛을 유네스코 창의 음식도시에 걸맞은 맛으로 정착시킬 것인가 고민한 조현주 대표의 마음이었다. 약선음식을 통해 우리 조상님들의 정성과 손맛, 식치(食治)를 바로 세우고 맛의 고장 전주만의 기품이 있기를 바라는 마음을 담았다. 한국약선음식연구원을 다녀가는 모든 사람들의 의식(意識) 또한 바로 세우기를 소망하며 개원한 것이다.

곤충 귀뚜라미가 식품으로 등록되고 이삼구 박사는 한국약선음식연구원에 방문했다. 한국인의 건강에 좋으며 약이 되는 신선한 식재료와 식용 239귀뚜라미와의 합작품을 만들어 보고 시식도 하였다. 보기에 좋고 먹기에 좋으며 원기를 북돋우는 약선 음식과 인식의 부족함으로 거부감이 있지만 우리 몸에는 아주 유익한 곤충음식(분말화하면 시각적인 거부감은 전혀 없음).

약선과 곤충을 잘 절충하고 또 거부감 없는 레시피를 개발하기 위해 심도 있는 논의를 하였다. 239귀뚜라미와 한국약선음식연구원과의 멋진 조화로 보기 좋고 맛 좋고 영양 좋은 한국인 건강에 가장 적합한 음식을 개발할 것이다. 239귀뚜라미와 한국약선음식연구원과의 컬래버레이션을 통해 단백질 혁명은 멋지게 실행될 것이다.

한국약선음식연구원에서 이삼구 박사 조현주 대표 그리고 행복에너지 출판사 권선복 대표와 만남

한국약선음식연구원에서는 약선음식전문가과정이 진행되고 있다. 조상들의 얼을 배우고 의식을 바로 세워서 계절마다의 좋은 기운을 밥상 위에 올리고 약선의 향기, 자연의 향기를 담는 과정이다. 많은 사람들이 약선에 관심을 갖고 찾아온다. 우리의 삶을 풍요롭게 하고 강건하게 하는 약선 음식을 배워 가정에서 지역사회에서 선보일 것을 생각하면 나는 마음이 기쁘다.

제1회 약선음식전문가과정을 마치면서

안심먹거리 출장 강의

　사람을 즐겁게 사람을 이롭게 하는 음식조리법과 속이 편안한 음식을 콘텐츠화해서 출장강의를 다니는 사람은 몇 명이나 될까 감로헌의 조현주 대표는 감로헌과 연구원 안에서만 활동하지 않는다. 약선음식을 널리 보급하고자 앞장선 조 대표는 안심 먹거리 운동본부 1호 강사가 되어 전라북도 각 시군구에 출장강의를 진행했다. 인스턴트 식품이 판을 치는 현대사회에 왜 질병이 많은지를 이야기하고 제철음식의 중요성을 이야기 한다. 그래서 사람은 제철음식을 제대로 먹는 철든 사람과 제철음식이 아닌 음식으로 세상을 사는 철부지로 구분되는 이야기를 한다. 어떤 에너지가 부족했을 때 몸의 질병을 가져오는지, 제철에 나는 어떤 식재료가 질병을 완화시키며 낫게 하는지 식재료와 조리법을 이야기하면서 먹거리의 중요성을 설파한다. 이어서 약선 음식을 만들어보는 시간, 실습하는 시간을 갖는다. 자연의 이치를 깨달으며 즐겁게 섭생할 음식을 만든다는 것은 행복한 일이다. 보기에 예쁘면서 화학조미료를 일절 사용하지 않고 맛도 좋은 약선 음식을 만들어보는 것, 집으로 돌아가 각 가정에서도 만들어 먹을 수 있도록 하는 일을 진행하는데 참 즐거워하고 보람 있어했다. 나도 군산과 익산 출장 강의 때 동행했다. 현장에서 강의

전 준비를 도우며 조 대표가 강의할 때나 실습할 때 사진을 담아 자료를 남기는 역할을 했다. 또한 이론 강의 때 잠깐의 시간을 나에게 주어 간단하게나마 자녀를 키우는 엄마로서 인스턴트음식이 아닌 바른 음식을 만들어 먹임으로 아이들이 바른 의식이 함양되고 품성이 좋아지게 된다는 이야기를 전한다. 그리하여 음식과 인성교육이 왜 중요하게 연결되는지를 이야기하고 유익했다고 느끼기에 충분한 시를 낭송한다. 대부분의 참여 교육생들은 감동하며 박수를 보내준다. 이는 조 대표와 내가 함께 하므로 한층 더 올라가는 품격 있는 시간이자 더 큰 시너지가 나는 시간이 된다.

익산과 군산 안심먹거리운동본부 출장강사로 강의할 때 동행

감로헌에서 만난 사람들

감로헌에 가면 좋은 사람들을 많이 만난다. 좋은 사람들이 찾아오고 모이는 곳이기 때문이다. 지난 이월 나의 아들 종민이가 인도에 여행 중일 때 감로헌에서는 특별한 콘서트가 있었다. 출판기념회 북 콘서트였다. 저자 길연, 도서출판 한길에서 펴낸 『인도&로맨틱 힐링』이었다.

그때 나는 막연하게 아들이 인도 여행 중이여서 제목만 보고도 반가운 마음이 들었다. 작가님의 소개를 읽어보니 "은발의 즐거운 명상가 10년 이상 인도, 티벳, 네팔을 비롯하여 세계 곳곳의 명상계에서의 다양하고도 풍부한 경험은 그만의 독특한 경력이다. 시인이자 작가인 그는 아이리딩 상담가, 테라피스트이기도 하며 1993년 티베탄 펄싱힐링에 입문한 이후 지금껏 힐링요가를 즐기고 있다. 지금은 일산에서 티베탄 펄싱 요가센타의 디렉토로 살고 있다."라고 써 있었다.

길연 선생님의 북 콘서트 행사에 참석한 인원은 60여 명이 되고 전반의 모든 음식은 조현주 대표가 기쁜 마음으로 후원했으며 전국에서 좋은 사람들이 감로헌으로 모였다.

처진 기운을 일으켜 세우기도 하고 소란스러워진 마음을 가라앉히기도 하는 신묘한 능력이 있는 치유명상 음악가 평산 신기용 선생님이 진행을 맡았다.

평산 선생님은 거의 모든 악기를 다 연주하실 수 있는 분이라고 했고, 아프리카 타악기 젬베, 인디언악기와 기타와 다양한 사물을 놓고 두드리며 신기하고도 기발한 즉흥 연주로 참석한 사람들에게 즐거움과 신명을 선물해 주셨다.

선생님은 30년 이상 타악기 인생을 살아오며 음악으로 아프리카와 인도, 몽골을 종단하고, 전국 각지에서의 공연, 대학에서의 강연으로 전국 도처에 발걸음을 하며, 몇 해 전 대전 중구문화원 뿌리홀에서 '평산 음악축전! Soul Touch'를 개최했고 전주국립무형유산원에서도 대북을 연주했다. 선생님이 온몸으로 만들어내는 선율에 몸을 실으면 그것이 닿는 곳은 영혼이라고 선생님의 음악을 좋아하는 사람들은 말한다.

별빛 같은 울림이 있는 공연장만 딛고 다니는 가수, 어른이 어른에게 동요를 불러주는 통기타 가수 이성원 선생님도 오셨다. 가장 한국적인 가장 세계적인 포크가수라고도 불리지만 국악과 민요와 동요 등 다양한 장르를 넘나들며 돈 안 되는 무대만 찾아다니는 '대중음악계의 이단아'라고도 불리우는 80년대 3대 언더포크가수로 인정받던 아티스트였다.

이성원 선생님은 스트레스를 받아도 그냥 녹여 풀어낼 수 있던 기본적인 우리나라 사람의 정신, 이런 마음을 둘 곳이 없어진 사람의 마음을 돌릴 수 있는 노래는 없을까 하고 고민하다 동요를 선택했다고 한다. 틈만 나면 시골학교 음악회 같은 동요공연을 기획하여 '노래 사람 이성원과 함께하는 작은 음악회'를 통해 학부모와 자녀가 함께 동요를 불러 뜨거운 반응을 일게 하고 공감소통의 시간을 만드는 분이다.

일본에서 한·일 아시아 평화 포크 잼버리 공연에 가서 정치·경제를 좌지우지하는 일본 정치인도 동요 공연을 하는 것을 보며 순수함을 놓치지 않는 것에 여러 생각을 하게 되었다는 그를 최규성 가요칼럼니스트는 이렇게 소개했다.

"그의 동요는 기억 저편에 실종된 어릴 적 추억과 다정했던 사람들의 존재를 되살려놓는 마력을 지닌 가락이다. 똑같은 동요도 그가 부르면 가슴이 시려온다. 그래서인가 그의 동요가락은 어린이보다 어른들이 오히려 즐겨 듣고 눈물을 훌쩍인다. 이성원의 노랫가락은 살벌한 생존경쟁 사회에 조용히 울려 퍼지는 아침이슬 같은 무균질의 결정체이다."라고.

이성원 선생님의 노래는 정말 맑고 순수했다. 아침이슬 같은 무균질의 결정체가 느껴졌다.

그날 북 콘서트에서 나는 '어디 숨었냐 사십마넌' 시를 낭송했다. 이렇게 조 대표와의 인연으로 감로헌 북 콘서트에 참석하고 시 낭송을 하고 나니 나는 참 행복했다.

여러 행사에 참석하여 시 낭송 하는 모습을 많이 보았고 들었지만 전문시 낭송가보다도 깔끔하고 군더더기 없는 가슴을 울리는 감동의 시 낭송이었노라고 칭찬해 주셨다. 또한 여건이 허락할 때 선생님의 동요축제 혹은 음악축제 행사에 시 낭송을 해 달라 요청해 주시니 나는 더욱 자신감지수와 행복지수가 올라갔다.

평산 신기용 치유음악가

이성원 아티스트

길연 작가님

몇 달이 지난 어느 날 조 대표가 나를 불렀다. 서울에서 길연 작가님이 오시니까 같이 식사 시간을 갖자고, 조 대표는 길연 작가님과 7년여 기간 알고 지낸다고 했다. 길연 작가님은 이미 『삶과 명상』 『마음비우기』 『푸하하 붓다』 등의 책을 낸 분이셨다.

나는 『인도&로맨틱 힐링』 책을 구입한 뒤 서두 몇 꼭지만을 읽고 책 장에 두었다. 책을 구입해 놓고 읽지 못해 작가님께 죄송한 마음으로 만났다.

감로헌에서 식사하고 한국약선음식연구원으로 이동해서 차를 마시며 담소를 나누었다. 현재 약선음식연구원에서 진행하고 있는 일일 음식체 험 프로그램 '감로이슬'과 삼일 음식체험 프로그램 '감로삼탕' 프로그램 명을 지어주신 분이라고도 소개했다. 작가이면서 명상가이고 아이리딩 상담가라는 사실을 재인식하게 되었다.

 나의 눈, 홍채를 상담해 주셨다. 나의 눈을 깊이 들여다보시고는 흠없이 맑고 깨끗한 눈이라고 말씀해 주셨다. 지금껏 세계를 다니며 수천명 이상을 만나 봤지만 이렇게 티 하나 없이 깨끗하고 맑은 눈은 처음 본다고 해서 주위에 함께 있던 사람들이 모두 깜짝 놀라며 박수까지 쳤다. 나의 눈빛은 긍정에너지가 많아 무슨 일을 해도 잘된다고 했으며 그래서 돕는 사람들도 다 잘된다고 말씀하셨다. 이런 눈빛을 가지려면 20대 조상님들이 대대로 명상을 하며 공덕을 쌓아야만이 가질 수 있는 눈동자라고 말씀을 덧붙이셨다.

 와아~ 이런 기분……

 뭐라 표현을 못 하겠다.

 발걸음이 가볍다.

 그날 이후 조 대표는 나에게 편지를 쓰거나 문자 메시지를 보내거나 톡을 보내올 때 항상 서두에 '맑은 눈을 가진 내 친구 윤덕'이라고 쓴다.

 기분이 좋다.

 맑은 눈을 가진 것에서 멈추지 않고 더 맑은 에너지를 나누며 살아가야겠다.

 집에 돌아와 길연 작가님이 쓴 책을 펼쳐 들었다.

 쉽고 재미있게 읽었다. 인도의 특징을 어렵지 않게 썼으며 명상 이야기와 삶과 성이 분리되지 않았음을 명상적으로 일상적으로 재미있게 엮어낸 내용이었다. 히말라야의 꿀, 돈과 도, 서렌더가든의 추억을 특히 재미

있게 읽었다. 바르도 세계와 작가님의 어머니, 아버지에 관한 내용은 애틋함과 가슴 아픔이 있으면서도 큰 웃음을 터트릴 만큼 재미있었고, 가슴속 한쪽에 오래 기억될 만한 큰 여운이 있는 내용이었다.

길연 저자님의 『인도&로맨틱힐링』 도서출판 한길

행복한 동행

　나는 시를 읽고 낭송하며 책을 읽고 좋은 내용은 주위 사람들과 나누기를 좋아한다. 조 대표도 마찬가지다. 오랜 기간 시집을 읽고 책을 읽으며 글을 써온 조 대표다. 조 대표가 책을 낼 수 있도록 나는 돕고 있다. 매일 저녁 만나도 매일 할 말이 많은 우리다. 감로헌 일을 마치고 아홉시가 다 되어 만나니 열두 시를 넘기는 것은 다반사다. 의식(意識)을 이야기하고 의.식(衣.食)을 이야기한다.

　해와 달을 이야기하고 사계절을 이야기한다. 삶의 궁극적 목표를 이야기한다.

　임어당의 『생활의 발견』에서 "생활을 즐기는 방법을 알고자 한다면 우선 절대적인 요건으로서 성품이 잘 맞는 친구를 발견하는 데서부터 시작해야 한다."라고 했다.

　조 대표는 나와 성품이 잘 맞는 친구다. 삼십 년을 돌아 다시 만나게 됨은 이유가 있구나 하고 생각된다. 앞으로도 계속 조 대표와 함께 엮어 갈 삶의 이야기들을 미리 생각하면 한없이 설레인다.

멋진 조력자가 되려면 실행력을 기르세요

PART 4

강사로서 조력이야기

나의 시 낭송 이야기

"누가 시 한 편도 외워 읊지 못하는 것을 부끄럽지 않다 하는가!"
재능시 낭송협회의 슬로건이다.

재능시 낭송협회 전북지회 유명희 회장님
김양원 부회장님과 함께

나를 소개할 때 시 낭송을 빼고서는 말할 수가 없다.
나는 시 낭송과 함께 성장했다.
내 아버지는 어린 나를 안고 다니시면서 시를 읊어주셨다고 한다.
지금의 내 기억 속에는 없지만 내 잠재의식 속에는 살아 있지 않았나
싶다.
아버지가 늘 읊어 주셨던 러시아 시인 푸쉬킨의 '삶'이라는 시는 내가
말을 배우면서부터 이미 알고 있었다고 하니 말이다.

내가 강사가 되어 교육을 시작했을 때 처음부터 시 낭송을 한 것은 아니다.

강의를 하면서 자연스런 오프닝을 위해 계절에 맞는 시나 상황에 맞는 간략한 시를 읊었는데 반응이 좋았다.

"강사님! 강사님의 2시간 강의보다 2분 동안 읊어주었던 시 낭송이 더 좋았어요."라며 많은 교육생들이 내가 들려주는 시 낭송을 좋아하고 기억해 주고 다시 듣고 싶다고 하고 배우고 싶은 마음이 생겼다고 전해왔다.

가식 없고, 꾸밈없고, 있는 그대로 시 속에 흠뻑 빠져들게 하는 매력이 있다고 했다.

칭찬은 고래를 춤추게 한다지.

나는 기분이 좋았다. 칭찬을 들은 내 마음은 춤을 추고 있었다.

나는 더 많은 교육생들에게 시 낭송을 들려주며 감동을 전하고 싶은 욕심이 생겼다.

그래서 강의를 하면서 곧잘 시 낭송과 접목시켰다.

새로운 강의 제목도 만들었다. '시 낭송을 활용한 인성교육'

대부분의 교육생들은 감동했다. 나는 그들이 교육시간만 감동하며 끝내지 않기를 바랐다.

채워도, 채워도 부족한 자본의 결핍, 감동의 결핍, 사랑의 결핍의 시대를 사는 현대인의 삶이 시를 들음으로 감동하고, 감동하므로 긍정적인 변화가 일어나기를 소망했다. 나의 시 낭송을 활용한 교육이 그들의 삶에 잔잔한 감동을 불러일으키기를 바랐다. 한 편의 시를 외워 낭송하며 마음이 따뜻해지고 그 따뜻한 마음을 가족들과 이웃들에게 나누어 결핍을 채우기를 소망했다. 변화하는 삶을 만들어 가기를 기대하고 시 낭송을 활용한 교육을 통해 보이지만 보이지 않고, 보이지 않지만 보이는, 멋지게 돕는 조력자로 서고 싶었다.

시 낭송하는 언어의 마술사가 되어, 나의 블로그 제목처럼 '감동언어 전문디자이너'가 되고 싶었다.

고미숙 작가의 낭송의 달인 호모 큐라스에서 큐라스는 케어의 라틴어 어원으로 배려, 보살핌, 집필, 치유의 뜻이 있으며 따라서 호모 큐라스는 자신의 욕망과 호흡의 불균형을 조절할 수 있는 능력을 지닌 사람이라고 했다. 고전을 낭송하며 몸과 우주를 감응하게 하는 것이야말로 최고의 양생법이자 자기배려라고 했다.

"낭랑하게 낭송하고, 필사적으로 필사하고, 글로벌하게 글쓰기 하라." 라고 말한다. 필사보다도 글쓰기보다도 우선이 낭랑하게 낭송하라고 한다. 고전을 외워 낭송하기 어렵다면 시(詩)부터 외워 낭송해보자. 누구든지 만나는 사람에게 감동을 주는 사람이 될 수 있을 것이다.

나의 바람처럼 시를 낭송함으로써 돕는 사람이 되었다.

상품(콘텐츠)을 가진 기업이나 개인을 도우며 SNS의 홍보 이외에 교육에 참여한 한 개인에게 시 낭송으로써 감동을 주고 그 감동을 통해 그의 삶을 변화시키는 조력 에너지를 발산하는 것이다.

조력자의 힘! 시 낭송을 들려줌으로 조력의 힘을 발휘하니 나는 행복할 수밖에.

고미숙 작가의 『호모큐라스』

많은 사람들과 좋은 시들을, 마음에 와 닿는 시들을 함께 나누고 싶다. 물론 시를 글로 옮겨서만은 결코 낭송을 떠올릴 수 없다. 또한 시를 보고 읽는 것으로는 낭송하는 것만큼 감동받지 못하겠지만 시를 읽을 때는 잔잔하게 자신의 목소리 내어 또박또박 시를 깊이 이해하며 낭독하기를 주문해 본다.

시인의 마음은 시 속에 오롯이 들어가 있다. 낭송하는 사람도 시 속에 풍덩 들어가면 좋겠다.

국가인권위원회 강사 양성 과정반에 선발되어 교육을 받게 되었을 때 일어난 이야기다. 첫 시간 자기소개 시간에 시 낭송을 활용한 인성교육을 하는 강사라고 소개했더니 어떻게 교육을 하는지 보고 싶다 하며 점심식사 후 20분간 특강을 할 수 있는 시간을 허락했다.

교안이 없어도, PPT자료가 없어도, 시 낭송을 활용한 교육이라면 두어 시간쯤은 거뜬히 할 수 있는 나는 기꺼이 기쁜 마음으로 20분을 소화했다.

전라남북도와 제주도에서 선발되어 교육받고 있던 강사님들이 모두 우레와 같은 박수로 화답했다.

"시 낭송이라면 왠지 손발이 오그라들고 가식적인 느낌이 들어 회피했었는데 선생님의 낭송은 너무나 감동적이에요. 이런 시 낭송이라면 배우고 싶어요."라는 피드백이 들려왔다.

나는 시 낭송의 전도사가 된 느낌이었다.

많은 사람들이 시 낭송을 해 봐야겠다는 마음을 갖게 하니 나는 분명 시 낭송전도사다.

김제 트리하우스에서 감성시 낭송

전북 김제에는 트리하우스가 있다.

트리하우스?

이미 알고 계신 분도 있겠지만 나무 위에 집이다.

트리하우스를 말로 혹은 글로는 설명할 수 없다.

가 봐야 안다.

나는 나의 책의 지면을 빌어 트리하우스 사진 몇 장을 실을 것이다.

그러나 사진만 가지고는 설명이 다 되지 않은 동화나라 같은 곳이다.

모든 소녀들에겐 인형의 집이 필요하고 모든 소년들에겐 나무 위의 집이 필요하며 모든 어른들에겐 놀이터가 필요하다고 건축가 필립존슨이 말했다.

그곳에 가면 소년 소녀들에게 감탄사와 더불어 행복을 주는 것은 물론이거니와 어른들도 아이가 되어버린다. 나는 전주대학교 송독열 총무처장님을 비롯하여 좋은 뜻을 가지신 분들과의 모임 '행복나눔공동체' 회원이다. 지난가을에 트리하우스에서 '시가 있는 가을 산책'이란 자그마한 행사를 진행했는데 그 행사에서 '감성 시 낭송이야기'라는 제목으로 특강을 했다.

시 낭송 특강 다음으로 이어진 김천식 교수님의 '여행이야기'도 아주 재미있었다. 회원 모두 각자의 일터에서 근무를 마치고 왔기에 저녁 식사로는 주먹밥과 고구마 그리고 과일과 음료였으며 강의가 끝난 후 캠프파이어까지 준비되어 있어 환상 그 자체였다. 트리하우스지기님은 타의 추종을 불허하는 월등한 맛의 커피를 만들어서 우리들에게 내주셨다. 우리 모두는 잊을 수 없는 10월의 어느 멋진 날을 추억으로 간직하게 되었다.

내가 진행하고 있는 김제 평생학습관 효인성지도사과정에 수강 중인 선생님들도 시간이 허락한다면 참석해도 좋다고 광고했더니 몇몇 분이 참석했다. 김제에 살고 있으면서도 이렇게 멋진 트리하우스가 김제에 있는 줄 몰랐다고 하면서 정말 좋아했다.

아름다운 가을 날 장소도 멋지고 특강도 좋고 음식도 좋았다고 입을 모았다.
눈과 귀와 입이 즐거운 그래서 마음이 풍요로워지는 시간이었다.
너무 아름답고 소중한 시간이었다.

이날 관록 있으신 시 낭송가 한 분이 나의 감성시 낭송이야기 '시 낭송을 활용한 인성 강의'를 참석하시고 보내온 문자 메시지이다.

강의 듣는 동안 행복했어요.
인간을 인간되게 사람을 사람 되게 하는 데
일조하는 서윤덕 샘께 박수를 보냅니다.

유명한 시 낭송가의 무대공연보다도 시 낭송을 활용한 교육은 사람들의 마음에 더 큰 울림을 준다고 나는 생각한다. 나에게 '시 낭송을 활용한 인성교육 특강'을 해 달라고 불러준다면 언제든지, 어느 곳이라도 갈 수 있다. 나는 그들에게 시 낭송을 활용하여 감동받게 할 것이며, 딱딱한 마음을 부드럽게 만들 것이기 때문이다.

김제 트리하우스 가을과 겨울풍경

김제 트리하우스에서 감성 시 낭송 특강

트리하우스지기 부부 미즈노, 최은희님과 함께

고독하고 상처받은 사람들의 보호자 시 낭송가

몇 해 전 여름 해변 시 낭송학교에 참석했다. 이글거리는 태양 아래서 모래알 같은 금빛 이야기가 펼쳐졌다.

'삶은 풀어가야 할 숙제가 아닌 경험해야 할 신비스런 일'이란 말을 붙잡고 경험해야 할 신비를 생각하며 통영으로 발걸음을 옮겼다. 행복함을 마음껏 발산하는 그래서 행복을 재충전하는 휴식의 시간이었다.

신달자 시인과 정일근 시인을 만났다.

시인들의 특강을 통해 빚어낸 언어의 꾸러미들을 몇 번이고 꺼내들어 바라보았고 음미했다. 그 아름답고 보배로운 언어 꾸러미들을 탁자 위에 올려놓고 시 낭송학교에 참석한 사람들과 옹기종기 둘러앉아 오랜 시간 이야기를 나누었다.

헬렌 켈러가 말했다지. "내가 눈을 뜨고 딱 한 가지만 볼 수 있는 것을 선택하라면 밤이 아침으로 바뀌는 모습이라고."

나는 시인들이 빚어서 들려준 언어 꾸러미에 감동했고, 감동은 밤을 밝히고 새날을 빚어냈다. 이슬 반짝이는 새벽을. 아침을.

정겨운 사람들과 바닷가에 앉아 각자 마음에 품고 있는 시들을 끝없이 낭송하며 우리와 함께하는 밤하늘의 별이 몇 개인지 세기도 했다.

철썩철썩 부서지는 파도 소리에 흠뻑 젖어 헬렌 켈러가 눈을 뜬다면 꼭 보고 싶어 했던 한 가지, 밤이 아침으로 바뀌는 모습, 그 시간 그 모습을 보았다. 아니 만났다. 빛나고 경이로운 그 시간 위에서 눈을 지그시 감고 온몸으로 나지막하게 노래 불렀다. 시 노래를…….

여름 태양은 내 이마에 입맞춤하더니 금세 어깨 위에 내려앉았다. 눈부신 아침 햇살을 두 손 높이 들어 끌어안고 내 무릎에 앉혔다. 결코 데일 수 없는 여름 태양의 온도가 내 손에서 내 품으로 밀고 들어온다. 경이로운 시간이었다.

바다 곁에서 하얀 밤을 구슬처럼 꿰어 목에 걸었던 잊을 수 없는 여름밤. 시를 사랑하고 시 낭송을 좋아하는 사람들과 함께 내 행복의 향기, 그 행복 가득 묻어난 시 낭송의 향기를 남해 넓은 바다에 온전히 펼쳐 풀어 놓았다.

숫노루는 사향향기를 내뿜는다. 암노루들은 그 향기에 매혹되어 달려온다.

그러나 숫노루는 자신의 냄새를 맡지 못한다. 어느 순간 숫노루 역시 자신에게서 풍기는 냄새를 맡기 시작한다. 그러나 그 냄새가 어디에서 오는지는 모른다고 한다.

자신의 냄새를 찾아 이리저리 뛰어 봐도 끝끝내 찾지 못하는 사향노루.

사향노루와 같이 우리도 행복이 어디에서 오는지 모르고 이리저리 뛰어다닐 때가 있다. 때때로 우리들은 돈과 명예와 권력에서 행복을 찾으려 애쓴다.

게서 향기 날 리 없지…….

진정한 행복의 향기는 내 안에 있다. 내가 좋아하는 것을 찾아 열정적으로 몰입할 때 향기는 한없이 품겨져 나온다. 한없이 멀리멀리 번져간다.

그리하여 몰입의 향기에 감동한 많은 사람들이 찾아와 아름다운 만남을 만들어낸다.

여유를 손등에 올려놓고 추억의 시간 속에 동행했던 이들의 이름을 가만히 불러본다. 그들 속에 들어가본다.

상처 입은 흔적이 여름 모시 머플러 사이로 힐끔힐끔 보이고, 외로움은 바다 빛깔로 몸부림치며 발뒤꿈치에 달라붙어 있었다.

시인은 고독한 사람, 상처받은 사람들의 보호자라고 말했다.

그렇다면 시에 생명을 불어넣는 시 낭송인들은 더욱더 고독하고 상처 입은 자들의 보호자라야 한다는 것을 알게 된 시간이었다. 시 낭송을 즐겨 하는 나는 때로 시를 낭송하며 나 스스로의 위안과 나 스스로의 보호막을 두른다. 포근한 따스한 안식처의 울타리다.

더 큰 보호막, 더 큰 울타리를 짓는다. 내 앞에서 앉아, 웅크리고 앉아 가만히 귀 기울여 듣는 사람의 마음속에 감동의 향기를 스미어들게 하는 보호막을 만든다. 낭낭하게 시를 들려줌으로.

독서토론 동아리 모임 리더스 클럽에서 활동하는 선생님들 중 자신의 이름으로 책을 낸 분들이 이십 명이 넘는다. 같은 회원이기에 우리 리더스 클럽에서는 이른 아침 독서토론을 진행하고 출판기념회 행사를 진행한다. 그 시간은 온전히 저자에게 축하를 해 주는 기쁨의 시간이다. 나는 그 출판기념회 현장에서 몇 번은 축시 낭송을 했다.

통영 해변시 낭송여름학교를 마치고 전북지회 회원들과

　그중에서도 기억나는 출판기념회는 박인선 회원의 이솝 우화 속 세상 살이의 진리『나는 넘어질 때마다 무언가를 줍는다』라는 책이다. 이 책을 읽고 나는 눈이 퉁퉁 붓도록 울었다. 울면서 치유함도 얻었다. 상처받은 많은 사람들에게 긍정에너지를 불어넣어줄 힐링 청춘 에세이다. 책을 읽고 저자의 아버님을 모시고 꼭 식사 대접을 할 것이라 마음먹었다. 아직 이행하지 못했는데 원고 마감을 하고 나서는 꼭 이행할 것이다.

　아마도 내 나이 또래 엄마들이 이 책을 읽었다면 누구라도 박인선 저자를 꼭 안아주고 싶은 마음이 생겨날 것이다. 엄마들에게 아이들에게 읽어보기를 권하고 싶은 책이다.

　박인선 저자 출판기념회장에서 나는 저자를 공개석상에서 꼭 안아줬으며 정호승 시인의 '가시'를 축시로 낭송했다.

『나는 넘어질 때마다 무언가를 줍는다』 (강단) -박인선-
박인선 작가 출판기념회장에서 시 낭송

세상과 통한 대추

가을 과일 중에서 대추보다 더 작은 과일이 뭐가 있을까 하고 생각해 보니 쉬이 떠오르질 않는다. 작은 과일 대추를 보며 세상을, 자연을 담아낸 시인의 마음이 놀랍다.

과정이 생략된 우수한 결과물은 없다. 자연의 열매들도 그렇고 사람이 이루어낸 결과물도 그렇다. 인고의 과정들이 반드시 존재하고 있다.

마음의 눈이 사물인 대추 그 자체가 되어 아주 섬세하게 묘사한 이 시는 여문 대추 한 알도 저절로 붉어지지 않았음을, 그 안에 수많은 고통과 어려움을 이겨내고 빨갛게 익은 대추를 세상과 통했다고 대견해하고 있음을 담아내고 있어 진한 감동을 준다.

어렵고 힘든 일이 생기면 문득 '내 삶에 이 일이 태풍일까? 이 일이 천둥일까? 이 일이 벼락일까?' 하는 생각을 하게 된다.

'이 일이 지나고 나면 내 삶도 붉게 익은 모습이 되어 세상과 통하여 둥글게 되겠지.' 하고 내 삶을 투영시켜 볼 수 있게 한다.

대추 한 알

장석주

저게 저절로 붉어질 리는 없다
저 안에 태풍 몇 개
저 안에 천둥 몇 개
저 안에 벼락 몇 개

저게 저 혼자 둥글어질 리는 없다
저 안에 무서리 내리는 몇 밤
저 안에 땡볕 두어 달
저 안에 초승달 몇 날이 들어서서
둥글게 만드는 것일 게다

대추야
너는 세상과 통하였구나.

하늘 우러러 견디고 서 있는

나의 시골집, 남원군 주생면 지당리 효동마을 뒤꼍에는 대나무밭이 있다.

감나무도 있고 살구나무도 대추나무도 있다.

다른 나무들은 한 그루씩 위풍당당하게 서 있다. 매년 꽃도 핀다.

그러나 대나무는 혼자가 아니다. 어디를 다녀도 대나무가 한 그루 혼자 서 있는 것을 본 적이 없다. 수백 그루가 빽빽이 들어찬 대나무는 대밭이라고 하고 대숲이라고도 한다.

새봄이 되면 그 대숲 속에는 새로운 생명, 죽순 아가들이 쑥쑥 올라온다.

하루가 다르게 그 키를 자랑하며 큰다.

참새들의 놀이터다.

지렁이들의 놀이터다.

대나무 꽃이 피는 것을 본 적이 없지만 들리는 말에 의하면 백 년에 한 번 핀다고 한다.

그래도 대나무는 우리 삶에 너무나 많은 쓰임새로 다가온다.

대나무 하면 젤 먼저 절개(節槪)(신념, 신의 따위를 굽히지 아니하고 굳게 지키는 꿋꿋한 태도)를 떠올린다. 대자리, 죽부인, 회초리, 대바구니, 붓 대롱, 대통밥그릇, 부채, 우산, 김발, 효자손, 대나무빗자루, 단소, 곰방대, 낚싯대, 죽비, 소쿠리 등

자, 시 속의 대나무를 보자

어느 대나무의 고백

복효근

늘 푸르다는 것 하나로
내게서 대쪽 같은 선비의 풍모를 읽고 가지만
내 몸 가득 칸칸이 들어찬 어둠 속에
터질 듯한 공허와 회의를 아는가.
고백건대
나는 참새 한 마리의 무게로도 휘청댄다.

흰 눈 속에서도 하늘 찌르는 기개를 운운하지만
바람이라도 거세게 불라치면
허리뼈가 뻐개지도록 휜다, 흔들린다.

제때에 이냥 베어져서

난세의 죽창이 되어 피 흘리거나

태평성대 향기로운 대 피리가 되는,

정수리 깨지고 서늘하게 울려 퍼지는 장군죽비

하다못해 세상의 종아리를 후려치는 회초리의 꿈마저

꿈마저 꾸지 않는 것은 아니나

흥흥하게 들려오는 세상의 바람소리에

어둠 속에서 먼저 떨었던 것이다.

아아, 고백하건대

그놈의 꿈들 때문에 서글픈 나는

생의 맨 끄트머리에나 있다고 하는 그 꽃을 위하여

시들지도 못하고 휘청, 흔들리며, 떨며 다만,

하늘 우러러 견디고 서있는 것이다.

이렇게도 많은 생활 소품을 제공해주면서 하늘 우러러 견디고 서 있는 저 대나무를 보며 어쩌면 그렇게도 시인은 대나무를 잘 관찰하고 시 속에 담아냈는지 나는 이 시를 들은 순간부터 시 속에 풍덩 잠기었다. 그리고 단숨에 나의 애송시로 만들었다.

가끔은 의인화된 대나무를 생각한다. 대나무 대신 어머니가 자리해도 하나 손색이 없다. 참새 한 마리의 무게에도 휘청대는 대나무처럼 세상사 작은 일에도 흔들리고 마음 상처받는 연약한 여자이지만 어머니이기에 꿋꿋하게 자식들의 의.식(衣.食)을 책임지며, 의식(意識) 바로 세우며 올곧게 서서 각각 자신의 달란트대로 아름다운 꽃 피우는 삶 살기를 기도하는 어머니, 세상살이에서 크고 작은 어려움을 견디는 어머니가 대나무처럼 변함없이 그 자리에 서 계시는 모습에 마음이 숙연해진다.

문득 멈춰 서서 한없이 먼 곳을 응시하는
아버지

이미애 시인의 시 '아버지의 기침 소리'는 내가 아버지를 생각하는 것과 너무나 비슷해서 나는 이 시를 몇 날 며칠을 가지고 살았다. 나는 아버지를 좋아했다. 농사짓고 살면서도 시를 읊고, 책을 읽으시고 퀴즈 풀기를 좋아하셨고, 교육을 받으러 몇 박 며칠씩 서울 나들이를 가셨던 아버지셨다. 이른 아침 논에 물을 대기 위해 삽을 챙겨 자전거를 타고 나서는 모습과 돌아오셔서 "어흠!" 하고 기침 소리를 내시던 내 아버지의 모습. 이 시 속에 어쩌면 그렇게도 내 아버지의 모습이 세밀하게 그려져 있는지 나는 그저 놀라울 뿐이었다. 나의 의식(意識)을 바로 세워주시며 나를 예쁘게 키워주신 내 아버지, 언니들에게는 엄격했지만 나와 동생에게는 한없이 자상했다.

문득 멈춰 서서 한없이 먼 곳을 응시하는 아버지 모습에서 왜 이렇게도 가슴이 아리는지 모르겠다. 이 시를 낭송하면 돌아가신 아버지 생각이 가득해져 온다.

아버지의 기침 소리

이미애

내 평생 잊지 못할 아름다운 풍경 중에 아버지의 뒷모습이 있습니다
아버지는 농부였습니다. 이른 새벽안개를 헤치고 이슬을 밟으며
  논둑길을 걸어가는 아버지의 뒷모습은 꼴똘하고 성실하며 올곧고 정
직했습니다

  문득 멈춰 서서 한없이 먼 곳을 응시할 때면
  나는 그의 발가락 사이에서 뿌리가 돋아나
  그대로 돌이 되고 나무가 될지 모른다고 생각했습니다.

  내 평생 잊지 못할 아름다운 소리 중에 아버지의 헛기침 소리가 있습
니다.
  흙물 누렇게 된 손에 삽자루를 쥐고 돌아와 대문간에서 한 번 툇마
루에서 한 번
  툭 던지는 헛기침 소리는 말없고 뚝뚝한 아버지가 어머니와 자식들
에게
  당신의 건재함을 알리는 짧고 굵은 신호였습니다.

  사람의 뒷모습에 얼마나 많은 말이 쓰였는지
  기침 소리 하나에 얼마나 깊은 사랑이 담길 수 있는지 알게 된 건
  아버지가 다시는 올 수 없는 곳으로 가신 뒤였습니다

빛바랜 기억창고 속 내 아버지의 뒷모습을 떠올리게 하는 많은 아버지
가 있습니다

한밤중 비 새는 지붕 위에 올라가 날이 하얗게 새도록 우산을 받쳐
들고 있었던 아버지
눈먼 아들을 절망에서 건져준 세상이 너무 고마워 미담 주머니를 만
들어
착한 일을 하는 사람들에게 하나둘 나눠주는 아버지
집 나간 아들을 찾아 온 세상을 헤매는 아버지, 아버지, 아버지

그 슬프고도 찬란한 풍경 속 아버지
가족의 중심이며 뿌리이고 스승인 우리들의 아버지

사는 건 진실혀야 혀

전라도 사투리로 만들어진 시 '사는 건 겉치레가 아녀'는 내가 즐겨 낭송하는 시다.

시 낭송을 잘하는 사람들은 많다. 그러나 사투리 시를 잘하는 사람은 흔치 않다.

나는 '사는 건 겉치레가 아녀'를 낭송하면서 사투리 시 낭송가라는 애칭을 받았다.

이 시 역시 낭송할 때면 아버지 생각이 난다.

나의 의식(意識) 속에 살아 숨 쉬는 아버지! 나의 의.식(衣.食) 속에 살아 숨 쉬는 아버지!

이 시를 낭송할 때마다 "땀 흘린 자만이 튼실한 열매를 거둘 수 있는 건 시상 이치란다."라고 말씀하셨던 내 아버지의 목소리가 들리는 듯하다.

사는 건 겉치레가 아녀

유대준

이놈아 정신 차려야 혀

사는 건 겉치레가 아녀

느그 아버지 논바닥 가뭄 든다고 어디 벼농사 쭉정이로 짓더냐

비록 땀에 찌들고 주름살투성이라

볼품없는 몰골이어도 시상 진실하게 산 탓에

시방 텔레비전에서 무신무신 도둑놈 소골이라고 저리 난리판여도

두 다리 쭉 뻗고 살자녀

시상이 요모냥 요꼴이다 본게 거짓말을 밥 먹듯 하고

그것이 진리인 양

양심껏 속 실허게 산 놈이 병신 맹이로 사는디

그래도 사는 건 진실혀야 혀

농사짓는 것 맹이로 땀 흘린 자만이 튼실한 열매를 거둘 수 있는 건

시상 이치여

시상 약게 살것다고 모두 서울로 가는디

힘들어 농사 못 짓것다는 놈 서울 간다고

참기름에 밥 비벼 먹을 듯 무신 뚝 부러지는 수 있간디

사는 건 겉치레가 아녀

살다보면 좋은 날 오것제

내년 쌀값은 좀 오를란가 모르것네.

각기 품성대로 그 능력을 피우며 사는 것

꽃(《식물》 종자식물의 번식 기관. 모양과 색이 다양하며, 꽃받침과 꽃잎, 암술과 수술로 이루어져 있음)을 무엇이라고 말할 것인가? 그 식물이 종자를 번식시키기 위해 열매를 맺어가는 과정이 꽃이라고 말하는 사람이 있고, 그 식물이 가장 아름답게 빛나는 순간이라고도 말하는 사람도 있다. 인기가 많거나 아름다운 여자를 비유적으로 이르는 말을 두고 꽃이라고도 한다.

정채봉 님의 꽃과 침묵의 시를 보면 우리의 삶을 노래했다.

키 큰 해바라기 꽃, 키 작은 채송화 꽃, 손톱만하기는 쌀 한 톨보다 작은 안개꽃, 한 사람 얼굴만 하게 큰 함박꽃, 빨강색이 너무 진해 검은 빛마저 감도는 흑장미 꽃, 이른 봄 꽃과 나뭇잎 색이 구별되지 않는 굴참나무 꽃. 이렇게 다양한 꽃들을 피워내는 식물들이 존재하며 산천의 조화로움을 만들어 내듯이 우리들도 개개인의 생김새가 다르고, 생각이 다르고, 표정이 다르고 하는 일도 각기 다르다. 그 다름을 어떤 동일한 틀 속에 넣고 평가할 수는 없다.

의식을 갖춘 부모님(양육자)의 보살핌을 받으며 바른 의식을 가지고 성

장한 사람이 각기 그 품성대로 능력을 피우며 살아가는 것이야말로 정
채봉 시인님이 노래하는 것처럼 한 송이의 꽃이라 말할 수 있으리~

꽃과 침묵

정채봉

제비꽃은 제비꽃으로 만족하되
민들레꽃을 부러워하지도 닮으려고 하지도 않는다.

어디 손톱만한 냉이꽃이 함박꽃이 크다고 하여
기죽어서 피어나지 않은 일이 있는가.

싸리꽃은 싸리꽃대로 모여서 피어 아름답고
산유화는 산유화대로 저만큼 떨어져 피어 있어 아름답다.

사람도 각기 품성대로 그 능력을 피우며 사는 것
이것도 한 송이 꽃이라고 나는 생각한다.

푸르게 절망을 다 덮는 담쟁이

'담쟁이' 시를 보면 희망이 넘실거린다.

도종환 시인님은 어쩌면 그렇게 담쟁이를 잘 표현했을까 하는 생각이 든다.

푸르게 절망을 다 덮는 담쟁이를 보면서 여름 한더위의 청량감을 느낀다.

담쟁이 잎 하나하나가 모두 힘 있게 하늘을 향해 있다.

희망이 용솟음침을 느낀다.

의식이 살아 숨 쉼을 느낀다.

담쟁이

도종환

저것은 벽

어쩔 수 없는 벽이라고 우리가 느낄 때

그때

담쟁이는 말없이 그 벽을 오른다.

물 한 방울 없고 씨앗 한 톨 살아남을 수 없는

저것은 절망의 벽이라고 말할 때

담쟁이는 서두르지 않고 앞으로 나아간다.

한 뼘이라도 꼭 여럿이 함께 손을 잡고 올라간다.

푸르게 절망을 다 덮을 때까지

바로 그 절망을 잡고 놓지 않는다

저것은 넘을 수 없는 벽이라고 고개를 떨구고 있을 때

담쟁이 잎 하나는 담쟁이 잎 수천 개를 이끌고

결국 그 벽을 넘는다.

비즈공예를 하는 최혜영 선생님이 작품전시회를 시작하는 날 오픈식 때 나는 '담쟁이' 시를 축시로 낭송했다.

최혜영 선생님이 서두르지 않고 앞으로 나아가기를 기원하면서~

수많은 담쟁이 잎을 이끌고 벽을 넘는 의식 있는 담쟁이 잎 하나가 되기를 기원하면서~

최혜영 선생님의 비즈공예 전시회에서

영원의 세계에서 오는 힘

사무엘 울만의 '청춘'이란 시는 정말이지 내가 전매특허 낸 시라 할 만큼 수십, 수백 번을 낭송했다.

그래서 '청춘' 시의 내용은 내 머리가 기억하는 것이 아니라 내 몸(입술, 혀)이 기억한다. 머리로 익힌 것은 시간이 지나면 잊히지만 몸으로 익힌 것은 웬만해서 잘 잊혀지지 않는다.

시 전체 내용이 마음에 와 닿는다. 내가 이럴진대 나보다 십 년 이십 년 위의 어르신들은 더욱 마음에 와 닿을 것이라고 생각된다. 그런 까닭에 나는 노인복지기관 어르신들께 강의를 하게 되면 가능한 이 시를 낭송하고 시작한다. 어느 모임에 갔는데 어르신이 많이 계시면 시간을 내어 달라 해서 이 시를 반드시 낭송한다.

'청춘' 시를 낭송할 때마다 나의 가슴은 뜨거워진다. 지난여름 독일 방문했을 때 한인사회 어르신들 앞에서 이 시를 낭송했다. 연세가 78세라고 하신 한 어르신께서는 "아주 감동적이었다. 나를 위한 시였다. 참으로 고맙다."라고 말씀하시며 나의 손을 꼭 잡고 한동안 놓질 않으셨다.

'놀라움에 끌리는 마음…….' 어린아이가 아니지만 나는 곧잘 놀라움에 끌린다. 그리고 그 끌림이 강할 때 영원의 세계에서 오는 힘을 느낀다.

독일 브레멘 성령교회에서 교민들과 유학생들에게 시 낭송

그 힘은 나에게 무한한 노력에너지를 만들어 내게 한다. 나를 잠에서 일찍 깨어나게 하는 부지런함을 선물하고 가끔 포기하고 싶은 일, 나의 능력 없음을 속상해하며 실망감이 몰려올 때 청춘시를 소리 내어 읊고 나면 자신감이 샘솟는다. 열정 에너지를 가져다준다.

어느 한 행사에서 내가 '청춘' 시 낭송을 하고 뒤풀이 모임에 동행했다. 모두 막걸리 한 사발씩 들고 건배를 하는데 행사에 참석했던 한 어르신께서 나를 가리키며 "어이~ 청춘! 자네가 건배 제안 하소." 하며 말씀하셨다. 나는 기분이 좋았다. 이렇듯 나의 이름을 잘 기억 못 하신 분들은 나를 아주 편하게 '청춘'이라고 불러 주신다. 나는 청춘이다. 앞으로도 영원히 의식 있는 청춘으로 살아가면서 '청춘'을 낭송할 것이다.

대학생이 바라본 『파워리더 국회의원 33인』 출판기념행사에도 초대받아 국회 헌정기념관에서 이 시를 낭송했다. 기념행사에 참석한 많은 사람들이 감동받았다며 나에게 일부러 찾아와 인사를 건넨다. 그중 한 분은 다음 달에 진행되는 행사에 와서 시 낭송 해줄 것을 요청했다. 이처럼 청춘 시 낭송을 감상한 분들은 본인이 직접 주최하는 행사나 초대받아 가서 참석할 행사에도 이 시를 낭송하면 좋겠다고 생각하고 나를 부른다. 청춘을 낭송하고 나면 더욱 청춘다워지고 행복감이 충만해진다.

청춘시를 들려주고 나서 강사로서의 조력자이야기 한 편을 담아본다. 나는 기관이든 학교이든 강의할 때 적절한 상황에 청춘 시를 낭송해 주면서 시 속에 들어있는 좋은 문장이나 마음에 와 닿은 단어를 가슴속에 품으라고 주문한다. 대부분의 교육생들은 마음의 상태, 희망, 이상, 용기, 열정 등의 단어를 품었다고 말한다. 김제지역자활사업단 전체교육을 진행할 때 교육생 한 분이 '앵두 같은 입술'이 마음에 와 닿았다고 했다.

그러자 많은 교육생이 폭소를 터트렸다. 나는 물었다. 왜 앵두 같은 입술이 마음에 와 닿았냐고. 그랬더니 본인은 평소 욕설을 많이 하고 불평불만을 많이 하는데 이 시를 들으면서 앵두 같은 입술로 고운 언어를 사용하고 불평불만을 하지 않아야지 하고 다짐했다는 것이다. 모두에게 박수를 유도했고 꼭 그렇게 하라고 응원해주었다.

일 년 후 나는 같은 기관에 교육을 갔다. 그분이 날 찾아왔다. 두 손을 꼭 잡으며 "강사님, 제가요 그때 그 청춘 시를 들었던 날로부터 정말 앵두 같은 입술을 만들어 욕하지 않고 불평불만하지 않는 것을 생활화해서 지금은 거의 정착이 되었답니다. 고맙습니다."라고 말하였다. 나는 참으로 기분이 좋았다. 시의 힘이다. 아니, 시 낭송의 힘이다.

좋은 시를 낭송함은 감상하거나 듣는 사람의 마음에 감동을 주고 감동받은 사람의 삶을 변화시키는 힘을 만들어 내는 것이다. 이것이야말로 강사로서 시낭송인으로서 조력하는 삶이라 생각하며 오늘은 또 누가 나의 교육에 참여하여 변화될까 기대하며 기쁜 나날을 이어가고 있다.

국회 헌정기념관에서 '청춘' 낭송

노인복지관 소양교육을 하면서 '청춘' 낭송

청춘

사무엘 울만

청춘이란 인생의 어느 기간을 말하는 것이 아니라
마음의 상태를 말한다.
그것은 장밋빛 뺨, 앵두 같은 입술,
하늘거리는 자태가 아니라
강인한 의지, 풍부한 상상력, 불타는 열정을 말한다.

청춘이란
인생의 깊은 샘물에서 오는 신선한 정신,
유약함을 물리치는 용기,
안이를 뿌리치는 모험심을 의미한다.

때로는 이십의 청년보다

육십이 된 사람에게 청춘이 있다.

나이를 먹는다고 해서 우리가 늙는 것은 아니다.

이상을 잃어버릴 때 비로소 늙는 것이다.

세월은 우리의 주름살을 늘게 하지만

열정을 가진 마음을 시들게 하지는 못한다.

고뇌, 공포, 실망 때문에 기력이 땅으로 들어갈 때

비로소 마음이 시들어 버리는 것이다.

육십 세이든 십육 세이든

모든 사람의 가슴속에는 놀라움에 끌리는 마음,

젖먹이 어린아이와 같은 미지에 대한 끝없는 탐구심,

삶에서 환희를 얻고자 하는 열망이 있는 법이다.

그대와 나의 가슴속에는

남에게 잘 보이지 않는 그 무엇이 간직되어 있다.

아름다움, 희망, 희열, 용기, 영원의 세계에서 오는 힘

이 모든 것을 간직하고 있는 한 언제까지나

그대는 젊음을 유지할 것이다.

영감이 끊어져 정신이 냉소라는 눈에 파묻히고

비탄이란 얼음에 갇힌 사람은

비록 나이가 이십 세라 할지라도

이미 늙은이와 다름없다.

그러나 머리를 드높여 희망이란 파도를 탈 수 있는 한

그대는 팔십 세일지라도 영원한 청춘의 소유자인 것이다.

한겨울 냇물에서 맨손으로

심순덕 시인님의 '엄마는 그래도 되는 줄 알았습니다'를 처음 낭송하는 것을 듣고 나는 눈이 퉁퉁 붓도록 울었고, 이후 나는 수많은 사람들의 눈이 퉁퉁 붓도록 울리는 주인공이 되었다.

어쩌면 그렇게도 우리들 어린 시절의 생활상을 그대로 옮겨 놓았는 지……. 우리들의 마음을 그대로 시 속에 담아 놓았는지 낭송할 때마다 감정을 추스르느라 애쓰고 애쓰며 낭송한다. 엄마가 세탁기로만 빨래한 모습을 보았고, 쿠쿠 전기밥솥으로 밥을 지어 늘 따뜻한 밥을 먹는 모습을 본 요즈음 아이들도 이 시를 들려주면 조용해지고 숙연해지며 들은 소감을 물어보면 "엄마에게 잘 해야겠다는 생각이 들어요."라고 대답한다. 시의 힘은 세다. 시 낭송의 힘은 더 세다.

나는 국회에서 열린 인성교육 관련 행사에서 축시를 낭송하게 되었다.

심순덕 님의 '엄마는 그래도 되는 줄 알았습니다'였다. 행사에 참여하신 많은 분들이 찾아와 나의 두 손을 잡고 정말 감동받았다고 말씀해 주시고 명함을 주시기도 하고 나의 명함을 달라고도 하셨다. 그 이후 여러 행사에서 더 많은 시 낭송 요청이 들어온다. 나는 행복하다.

엄마는 그래도 되는 줄 알았습니다

심순덕

엄마는 그래도 되는 줄 알았습니다.
하루 종일 밭에서 죽어라 힘들게 일해도
엄마는 그래도 되는 줄 알았습니다.
찬밥 한 덩이로 대충 부뚜막에 앉아 점심을 때워도
엄마는 그래도 되는 줄 알았습니다.
한겨울 냇물에서 맨손으로 빨래를 방망이질해도
엄마는 그래도 되는 줄 알았습니다.

배부르다 생각 없다 식구들 다 먹이고 굶어도
엄마는 그래도 되는 줄 알았습니다.
발뒤꿈치 다 헤져 이불이 소리를 내도
엄마는 그래도 되는 줄 알았습니다.
손톱이 깎을 수조차 없이 닳고 문드러져도
엄마는, 엄마는 그래도 되는 줄 알았습니다.

아버지가 화내고 자식들이 속 썩여도 전혀 끄떡없는
엄마는 그래도 되는 줄 알았습니다.

외할머니 보고 싶다,

외할머니 보고 싶다, 그것이 그냥 넋두리인 줄만~

한밤중 자다 깨어 방구석에서 한없이 소리 죽여 울던

엄마를 본 후론

아! 엄마는 그러면 안 되는 것이었습니다.

엄마는 그러면 안 되는 것이었습니다.

사는 거이 다 그런단 말이요

정윤천 시인의 시를 글로 처음 만났더라면 그렇게 감동받지 못했을 것이다.

낭송으로 먼저 만났다. 시를 들었을 때 서두엔 속으로 미소 지으며 웃었다. 사투리가 구수했고 엄마의 심정이 그대로 전달되어 왔기 때문이다.

마지막 구절이 낭송되고 나선 가슴에 돌덩이가 내려앉은 것만 같았다. 속으로 눈물이 났다. 절대로 소리 내어서 울 수 없었다. 마음속으로 울었다. 구구절절함이 배어있다.

이 시를 낭송으로 들었던 날 저녁에 돌아와 시를 찾았다. 그리고 외우기 시작했다. 가장 빠르게 내 것으로 암송하며 소화했던 시가 이 시라고 말할 수 있다.

틈만 나면 사람들 앞에 서서 이 시를 낭송했다. 그러던 중 많은 대중 앞에서 낭송할 수 있는 기회가 주어졌다. 저자 초청 특강으로 전북은행 중회의실에서 북 콘서트가 있었는데 본 행사에 들어가기 전 축하공연으로 시 낭송을 의뢰받았다.

마침 설날이 지난 직후여서 부모님에 관련된 시를 하면 좋겠다 싶어

'어디 숨었냐, 사십마년'을 하기로 결정했다.

낭송을 했던 날 밤 늦은 시간에 독서클럽 회원인 윤현주 선생한테서 문자메시지가 왔다.

오늘 큰맘 먹고 둘째를 데리고 나갔드랬죠. 근데 우리 멋진 선생님 덕분에 딸 보는 데서 눈물을 흘렸네요. 쌤의 시, 쌤의 감성, 쌤의 목소리 온몸으로 느끼고 감사하며 돌아왔네요.

멋있는 쌤 사랑합니다. 이건 여담인데요……. 본 강의보다 쌤의 시가 완전 더 좋았답니다.

나는 이렇게 답했다.

미약한 저의 낭송에 감동받고 공감해주시고 이렇게 마음 담아 메시지 보내주셔서 감사드려요. 선생님은 오래 소통하며 지내고 싶은 분이에요. 선생님이 주신 그 좋은 기운을 가슴에 담으니 따뜻한 봄이 오늘 밤 제 품에 안겨올 듯합니다.

하루가 지나고 다음 날 저녁 다시 한 번 윤현주 선생한테서 문자메시지가 왔다.

어디 숨었냐 사십마년 시 듣고 울 집 시째 딸 현주는
엄마에게 오늘 보약 지어 드시라고 삼십마년을 보내드렸네요.

멋진 윤현주 선생이다. 아니, 마음 고운 시째 딸이다. 나는 윤 선생한테 감동했다.

나는 윤 선생의 사례를 '시 낭송을 활용한 인성교육현장'에서 항상 예화로 들려준다.

시 낭송이란 바로 이런 것이다.

사람의 마음에 감동을 주고 그 감동을 현실에서 실행으로 옮기게 하는 힘이 있다.

윤현주 선생은 사교육 없이 자녀를 서울대학교에 보낸 엄마이며, 독서지도강사이고, 내 아이를 성장시키는 엄마표 교육법에 관한 책을 출간한 『퀀텀리프』 저자이다.

『퀀텀리프』 윤현주

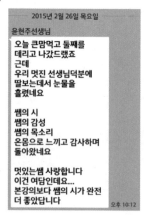

2015년 2월 26일 목요일

윤현주선생님

오늘 큰맘먹고 둘째를
데리고 나갔드랬죠
근데
우리 멋진 선생님덕분에
딸보는데서 눈물을
흘렸네요

쌤의 시
쌤의 감성
쌤의 목소리
온몸으로 느끼고 감사하며
돌아왔네요

멋있는쌤 사랑합니다
이건 여담인데요...
본강의보다 쌤의 시가 완전
더 좋았답니다

오후 10:12

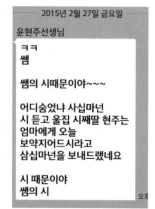

2015년 2월 27일 금요일

윤현주선생님

ㅋㅋ
쌤

쌤의 시때문이야~~~

어디숨었냐 사십마넌
시 듣고 울집 시째딸 현주는
엄마에게 오늘
보약지어드시라고
삼십마넌을 보내드랬네요

시 때문이야
쌤의 시

오후

많은 사람들이 이 시를 좋아한다. 전주에는 '시가 내리는 한옥마을'이라는 시 낭송협회가 있다. 전주 한옥마을 은행나무정자에서 매월 마지막 주 일요일 오후에 시 낭송 향연을 펼친다. 처음 이 시를 낭송했을 때, 한옥마을 내에서 상점을 운영하시는 한 분은 이 시 낭송을 듣고 아주 감동받았다면서 매월 들려 달라고 요청했다. 요청이 받아들여졌다. 이 시 낭송은 계속 들어도 들을 때마다 감동이라고 말했다. 한옥마을을 다니러 왔던 사람들도 발길을 멈춰 서서 듣고 많은 시들 중에 그래도 이 시가 가장 가슴에 와 닿는다면서 부모님 한번 찾아뵈어야겠다고 하며 발길을 옮기는 모습을 종종 본다.

'시가 내리는 한옥마을 시 낭송협회' 오서영 회장님과 함께

어디 숨었냐, 사십마넌

정윤천

시째냐? 악아, 어쩌고 사냐,
염치가 미제 같다만, 급허게 한 백마넌만 부치야 쓰것다.
요런 말 안 헐라고 혔넌디,
요새 이빨이 영판 지랄 가터서 치과럴 댕기넌디,
웬수노무 쩐이 애초에 생각보담 불어나 부렀다.
너도 어룰 거신디, 에미가 헐 수 없어서 전활 들었다야.
정히 심에 부치면 어쩔 수 없고······.

선운사 어름 다정 민박 집에 밤 마실 나갔다가,
스카이라던가 공중파인가로 바둑돌 놓던 채널에 눈 주고 있다가,
울 어매 전화받았다.
다음 날 주머니 털고, 지갑 털고 꾀죄죄한 통장 털고, 털어서, 다급한
쩌언
육십마넌만 서둘러 부쳤다.

나도 울 어매 폼으로 전활 들었다.

엄니요? 근디 어째사 끄라우.
해필 엊그저께 희재 요놈의 가시낭구헌티 몇 푼 올려붙고 났더니만,
오늘사 말고 딱딱 글거봐도 육십마넌삐끼 안 되야부요야.

메칠만 지둘리먼 한 오십마넌 더 맹글어서 부칠랑께 우선 급헌 대로

땜빵허고 보십시다 잉.

모처럼 큰맘 묵고 기별헌 거이 가튼디,

아싸리 못 혀줘서 지도 참 거시기혀요야. 어찌겄소.

헐헐, 요새 사는 거이 다 그런단 말이요.

떠그럴, 사십마넌 땜에 그날 밤 오래 잠 달아나버렸다.

나를 극복하는 그 순간

나는 군인을 예사롭게 보지 않는다. 군 생활을 해본 경험이 있기에 그런지도 모르겠다.

군복 입은 사람을 보면 다시 한 번 바라보게 된다.

사람마다 애창곡이 있듯이 시 낭송가는 애송시가 있다. 나에게 시 낭송으로 영향을 준 사람이 있다. 투어컴여행사 박배균 대표다. 그는 시 낭송가이며 『여행 보내주는 남자』라는 책을 낸 저자이기도 하다. 나에게 '청춘'이란 애송시가 있듯이 그의 애송시는 '칭기즈칸'이다.

칭기즈칸은 우리 조상 중 세계를 제패한 훌륭한 장군이었다.

'칭기즈칸' 시는 힘이 있다. 읊다 보면 시 속에 있는 강한 에너지가 나에게로 온다. 젊은 청년들에게 들려주니 두 주먹을 불끈 쥐게 되고 온몸에 전율이 흘렀다고 했다.

남학생들이나 청년들에게 강의할 때면 나는 이 시를 들려준다.

이삼구 박사는 이 시를 듣고 "나야말로 이 시대의 칭기즈칸이다."라고 했다. 그래서 나는 이 박사의 책『귀뚜라미박사 239』 출판기념 행사 때에 축시로 '칭기즈칸'을 낭송했다.

시를 들은 많은 사람들이 시 한 편이 위인전 한 권을 읽는 것보다 훨씬 감동적이며 기억에 오래 남는다고 말한다.

칭기즈칸

집안이 나쁘다고 탓하지 말라.
나는 아홉 살 때 아버지를 잃고 마을에서 쫓겨났다.

가난하다고 말하지 말라.
나는 들쥐를 잡아먹으며 연명했고,
목숨을 건 전쟁이 내 직업이고 내 일이었다.

작은 나라에서 태어났다고 말하지 말라.
그림자 말고는 친구도 없고 병사로만 10만.
백성은 어린애, 노인까지 합쳐 2백 만도 되지 않았다.

배운 게 없다고 힘이 없다고 탓하지 말라.
나는 내 이름도 쓸 줄 몰랐으나 남의 말에 귀 기울이면서
현명해지는 법을 배웠다.

너무 막막하다고, 그래서 포기해야겠다고 말하지 말라.

나는 목에 칼을 쓰고도 탈출했고,

뺨에 화살을 맞고 죽었다 살아나기도 했다.

적은 밖에 있는 것이 아니라 내 안에 있었다.

나는 나의 거추장스러운 모든 것을 깡그리 쓸어버렸다.

나를 극복하는 그 순간 나는 칭기즈칸이 되었다.

전통문화의전당에서 시극 공연

'귀뚜라미박사 239 출판기념회장'에서 낭송

풀꽃

나태주 시인님을 우리 교육원에서 주관하는 공무원 연수 교육 특강에 초대했다.

시인님은 현재 공주문화원 원장님이시다. 공주에서 KTX열차를 타고 익산으로 오셨다. 익산에서 김제까지 나의 차로 모시면서 이런저런 이야기를 나누는데 아주 마음이 따뜻했다. 특강을 시작하시면서 "나 좀 태워 주세요. 나태주입니다."라고 소개하신다. 나를 가리키며 "저기 저 예쁜 서윤덕 선생이 나를 여기까지 태워 주었기에 이 자리에 설 수 있었습니다."라고 인사하셨다. 나 시인님은 유머가 풍부하셔서 재미있고 감동있게 2시간 동안 열강을 해 주셨다.

나태주 시인님은 대한민국 모든 사람들이 다 아는 시인이라 해도 과언이 아니다. 혹여 모르시는 분이 있다면 이 글을 읽으면서 알게 되니 다행이라고 생각한다. 얼마 전 공주에 있는 풀꽃문학관 개관 1주년 기념 행사에 참석했다. 나 시인님의 주옥같은 시들에 곡을 붙여 노래하는 '사랑콘서트'도 열렸다. 행사장 주변에 시화전도 열리고 있었는데 초등학교 아이부터 성인에 이르기까지 '풀꽃'이란 시가 다양한 글씨체로 써서 걸려 있었으며 다양한 그림과 함께 전시되고 있었다.

관심과 사랑, 배려와 행복, 기쁨과 나눔. 우리들이 살아가면서 가져야 할 마음의 자세 꼭 필요한 것을 담아 세 줄 짧은 시로 모두의 마음을 감동을 준 시다.

나는 강의 가는 곳 어느 곳에서나 이 시를 반드시 읊어주며 교육생들에게 외워 읊게 한다. 짧지만 의미 있는 시여서 모두들 좋아하고 쉽게 잊지 못한다. 제목도 '풀꽃' 아닌가.

'너도 그렇다.'에서는 서로 마주 보고 두 손을 모아 손바닥을 상대방 얼굴 아래에 받들 듯 펼치면서 읊게 한다. 모두 모두 방긋방긋 웃으며 좋아한다.

다른 시는 설명하면서 내가 만든 새로운 제목을 지어보지만 나태주 시인님의 '풀꽃'이란 시는 제목마저도 '풀꽃' 그대로 사용하고 싶다.

아름답고 짧은 시, 이 '풀꽃' 시를 이 세상 모든 사람들이 자신의 마음속에 담아두고 매일매일 만나는 사람에게 들려주었으면 좋겠다.

공주풀꽃문학관 개관 1주년 기념행사 및 나태주 시인님이 쓰신 시로 작곡한 가곡 사랑콘서트도 열렸다.

풀꽃

나태주

자세히 보아야 예쁘다.

오래 보아야 사랑스럽다.

너도 그렇다.

완주군 소양면 오스갤러리 야외 무대에서 시 낭송

고이 접어 나빌레라

조지훈 시인의 시 '승무'라는 시를 모르는 사람은 아마도 없을 것이다. 모른다고 하는 분은 잊어버렸을 뿐이지 결코 모를 리가 없다. 우리들 유년 시절 국어 책에 수록되어 배웠으니까 말이다.

시 낭송 모임에서 시에 대한 이야기를 하다가 우리나라 시 중에서 가장 고운 시, 아름다운 시어가 담긴 대중적 시는 어떤 시라고 생각하는지 묻는 질문에 참석인원 삼분의 이가 '조지훈 시인의 승무'를 답했다. 그때 나도 '승무'라고 말했었다. 승무는 시 중에서 심미성(아름다움을 살펴 찾음)이 가장 우수한 시라는 나의 생각을 반영시켜서 그리 대답한 것이었다.

승무는 부처님의 공을 찬양하고 깨달음을 얻고 극락을 구한다는 춤이다.

'나빌레라'라는 말은 '날아오르다'라는 순수한 우리말이다.

승무에서는 그 대상을 의미하는 주어가 '하이얀 고깔'이다. '고깔을 나비로 비유'했다고 볼 수 있다. 좀 더 자세히 시를 들여다보면 여린 듯하면서도 굉장한 힘이 있다. '고깔'은 머리에 쓰는 모자 형태의 사물 즉 생명이 없는 의복이다. '나비'는 살아 움직이는 생명체다. 시 안에 있는 주인공은 지금 '승무'라는 예술행위, 춤을 추고 있다. 시의 흐름은 무생물체인 고깔이 나비로 탈바꿈하게 만든다. 이 과정에서 나비의 여리고도 섬세한 날갯짓 나폴거리는 이미지를 극대화하기 위해 '나빌레라'라는 시어를 사용함으로 나비가 기는 애벌레에서 깨어나 하늘을 향해 날아오름을 느끼게 해준다.

애벌레는 수많은 군상을 말하며 나비는 깨달음 또는 구원에 이르는 순간을 은유한 것이다.

"복사꽃 고운 뺨에 아롱질 듯 두 방울이야."와 같은 구절에서 느껴지는 조지훈 시인의 예스러운 우리말의 뛰어난 표현력은 마치 우리 눈앞에서 승무가 펼쳐지고 있는 듯 생생하다.

승무를 낭송하다 보면 마음이 평안해진다.

승무

조지훈

얇은 사 하이얀 고깔은
고이 접어 나빌레라

파르라니 깎은 머리
박사 고깔에 감추오고

두 볼에 흐르는 빛이

정작으로 고와서 서러워라

빈대에 황촉불이
말없이 녹는 밤에

오동잎 잎새마다
달이 지는데

소매는 길어서 하늘은 넓고
돌아설 듯 날아가며 사뿐히 접어 올린 외씨 버선이여

까만 눈동자
살포시 들어

먼 하늘 한 개
별빛에 모두오고

복사꽃 고운 뺨에 아롱질 듯 두 방울이야
세사에 시달려도 번뇌는 별빛이라

휘어져 감기우고
다시 접어 뻗는 손이

깊은 마음 속

거룩한 합장인 양 하고

이 밤 사 귀또리도 지새우는 삼경인제

얇은 사 하이얀 고깔은 고이 접어 나빌레라

당신 곁에는 누가 있나요?

함석헌 님의 '그대 그런 사람을 가졌는가' 시를 낭송하다 보면 나는 문득 내 주위를 둘러본다.

가만히 미소가 지어진다.

남자 교육생이 많은 현장에 가서 교육할 때는 이 시를 낭송해주고 "그런 사람이 누구냐?"라고 꼭 물어본다. 생각해보자. 내 주변에 그 사람이 있는지…….

나도 누구에겐가 그런 사람으로 남고 싶다.

내 곁에 그 사람이 누구냐고 묻는다면 누굴까? 생각해보니 떠오르는 사람이 있다.

그대 그 사람을 가졌는가

함석헌

만 리 길 나서는 길 처자를 내맡기며

맘 놓고 갈 만한 사람 그 사람을 그대는 가졌는가

온 세상 다 나를 버려 마음이 외로울 때에도
'저 맘이야' 하고 믿어지는 그 사람을 그대는 가졌는가

탔던 배 꺼지는 시간 구명대 서로 사양하며
'너만은 제발 살아다오' 할 그 사람을 그대는 가졌는가

불의의 사형장에서 '다 죽여도 너희 세상 빛을 위해
저만은 살려 두거라' 일러줄 그 사람을 그대는 가졌는가

잊지 못할 이 세상을 놓고 떠나려 할 때 '저 하나 있으니' 하며
빙긋이 웃고 눈을 감을 그 사람을 그대는 가졌는가

온 세상의 찬성보다도 '아니' 하고 가만히 머리 흔들 그 한 얼굴 생각에
알뜰한 유혹을 물리치게 되는 그 사람을 그대는 가졌는가

멋진 조력자가 되려면 기쁘게 나누세요

PART 5

앞으로의 나의 꿈

바른 자세로 조력하면서 성장하는 내 모습

나는 조력자로서의 생활을 기뻐한다. 즐거워한다.

벤처기업 239 귀뚜라미박사 이삼구 대표, 손짱한복&리슬 황이슬 대표, 약선음식 전문점 감로헌 조현주 대표 이외에도, 전남 구례에 위치한 우리나라 최고의 힐링 체험 친환경 농장이면서 치즈만들기와 목장 체험을 할 수 있는 지리산치즈랜드 박진영 이사, 전통 막걸리 맛의 지존 전북 남원 이백막걸리 안동근 대표에게도 힘을 실어준다. 내가 갖고 있는 조력자의 힘으로 사업의 강한 에너지를 보태어 준다.

지리산 치즈랜드 정경과 아이들의 치즈만들기 체험을 하기 위한 교육장 모습

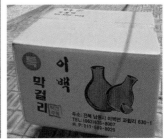

전북 남원 지리산 자락의 이백 주조장/이백막걸리

　나는 여군에 입대하여 훈련을 받으면서 바른 의식을 갖게 되었다. 군생활을 하면서 터득한 조력의 힘, 함께 어렵고 힘든 상황이었지만 나를 내려놓으면서 곁의 전우를 도왔고 힘을 보탰던 생활은 서로에게 기쁨이 되었으며 지금에 내가 있기까지 값지게 작용했다.

　조국을 위해 기꺼이 한 목숨 바쳤던 순국선열들의 숭고한 넋을 기리며, 힘든 육체 훈련과 철저한 정신교육을 통해 애국정신을 길렀으므로 확고하게 다져진 나의 마음자세였다. 그런 마음자세를 가지게 된 나의 청춘의 날 여군생활은 너무나 소중했다.

　남자군인들은 입대하는 순간부터 날짜를 세어가며 제대날짜를 손꼽아 기다린다.

　예나 지금이나 하나 다를 바 없다. 아들 종민이는 지금 대학교 3학년에 재학 중이다. 대학 친구들은 15% 정도 군에 입대했고 고등학교 친구들은 대부분 95%가 군에 입대해서 복무 중이라고 한다. 아들의 말에 의하면 추석명절을 맞이하여 친구들과 단체 카톡방을 열었는데 대부분 친구들이 자신의 만기 전역할 날을 기대하면서 "나는 며칠 후면 제대한다." 혹은 "나는 며칠 남았다." 등의 글을 남기며 군 복무의 남은 날을 계산하고, 심지어는 입대한 지 며칠 안 된 친구마저도 날짜를 계산해 "몇 백일 남았다."라는 이야기를 나누었다고 한다.

그러나 남자군인들과 여자군인들은 다르다. 제대할 날이 가까우면 군 생활이 더욱 소중해진다. 아쉬워진다. 그래서 더 적극적으로 생활하며 제대를 할 것인가, 군 생활을 연장할 것인가 아니면 군무원으로 계속 군 관련 업무를 할 것인가를 고민하게 된다. 군무원으로 다 수용해 줄 수 없어서 그렇지 아마도 그렇게만 될 수 있는 상황이 주어진다면 대부분 고민하지 않고 군무원의 길을 선택할 것이다.

그만큼 군 생활 하는 모습은 의무제도인 남자와 지원제도인 여자의 시각이 다르다는 것이다.

나는 군대를 제대하고 나서 더욱 나의 마음가짐, 몸가짐, 태도를 바르게 하려고 노력했다.

걸음을 걸을 때 힘없이 걷거나 소위 말하는 흐느적거리는 느낌의 걸음걸이는 절대 연출하지 않았다. 누군가가 나의 걷는 모습이나 태도를 보면 '참 바르다.'라는 느낌이 들도록 걸었다. 항상 바르고 리드미컬하게 걷는 활력 있는 모습으로 나를 만들었다. 짧은 거리를 걸을 때에도, 몹시 몸이 아파 힘겨울 때에도 특히 걸음걸이는 신경을 쓰며 의식하고 걸었었다.

나는 지금도 의식하며 바르게 걷는다. 바른 의식은 나를 바르게 이끈다.

의식은 마음의 자세다. 마음자세는 태도가 되어 몸 밖으로 드러난다.

나의 육체가 건강함을 감사하며, 호흡하며 살아있음을, 보고 들을 수 있음을 감사하며, 매시간 만나는 사람들과 아름다운 감동언어로 이야기할 수 있음을 감사할 때 나의 표정이 밝아지고 나의 어깨가 펴지며 나의 허리가 곧게 되며 나의 다리가 반듯해진다. 그것은 나의 의식이, 나의 마음 자세가, 태도가 되어 행동으로 표현되어 나타나기 때문이다.

가끔 어깨가 축 처진 채 걷는 고등학교 여학생 혹은 대학에 다닐 법한 남학생을 볼 때가 있다. 마음이 아프다. 여건이 허락한다면 다가가 어깨를 토닥이며 힘을 주는 조언을 들려주고 싶은 마음이 간절해지곤 한다. 무엇이, 누가, 왜 저들의 어깨를 처지게 했단 말인가?

다가가지 못하는 미래 희망의 청소년과 청년들에게 이 지면을 빌려 적어본다.

"모든 행동의 결과물은 생각에서, 의식에서 온다. 마음에서 온다. 부정적인 생각이, 부정적인 마음이 나를 점령할 때는 마음을 바꾸는 연습을 해야만 한단다. 좋은 일이 있어서 웃는 게 아니라 웃기 때문에 좋은 일이 생긴단다."

"나는 잘할 수 있어!"

"내가 하는 일은 반드시 좋은 결과가 나올 거야!"

"나의 미래는 반짝반짝 빛이 날 거야!"

"그 빛으로 인해 옆 사람까지 빛나게 해 줄 거야!"

"나는 세상이 발전해 나가는 데 작은 일부분일지라도 중요한 역할을 하는 사람이야!"라고 끊임없이 자신에게 외치라고 말하고 싶다.

작은 핸드북 '비전 노트'를 만들어 자신을 향한 긍정 암시 문장을 써 보고 자주 소리 내어 읽어 보았으면 좋겠다.

그간 여러 사람들에게 나의 작은 힘을 실어줬을 때, 나의 힘이 그들에게로 가서 다 소진되는 것이 아니라 더 큰 힘이 되어 나에게로 왔음을 경험했다. 그래서 나는 조력하면서 성장한 사람이 되었다.

국가인권위원회 인권교육 전문강사로 위촉

　효인성지도사가 되어 각 기관에 교육을 진행했다. 사회복지기관 종사자 윤리교육이나 초, 중, 고등학교 학생들에게 효교육, 인성교육을 진행하고 있었다. 사회복지관련 기관에서 인권교육은 의무교육인데 인권교육을 제대로 하는 강사가 없다고 하면서 내게 인권교육을 해달라고 요청했다.

　효지도사자격과정을 이수할 때 인권교육시간이 있어 그때 배운 교육 자료들을 다시 한 번 더 공부하고 국가인권위원회 홈페이지에 들어가 자료를 세심하게 살펴보며 공부했다. 그리고 각 지역 인권사무소 관련 블로그를 방문해 서로이웃 맺거나 즐겨찾기에 저장해 두고 시간을 내어 수시로 자료를 보았으며 어떻게 활동하고 수업을 진행하는지 익혔다. 자연스럽게 나는 효인성교육과 더불어 인권교육을 하는 강사가 되었다. 그러나 마음 한구석에는 '인권교육을 내가 계속해도 되나?' 하는 불편함이 있었다.

　그즈음 인권교육으로 편성된 시간에 웃음코칭강사가 와서 형식적으로 제목으로만 인권교육을 하고 내용 없는 웃음만 전달하고 가는 사례가 있다고 보도하는 것을 보게 되었다. 보도 이후 인권교육을 필수교육으로 해야 하는 기관에서는 강사에게 국가인권위원회에서 발급한 인권교육 수료증이나 자격증을 요구했다.

늦었지만 나는 인권에 관한 공부를 제대로 해야겠다고 생각했다.

그래서 인권교육센터의 문을 두드리게 되었다. 인권교육이 다양하게 진행되고 있었고 때마침 국가인권위원회에서 제1기 인권강사 양성과정을 개설하여 교육과정 참가 지원서를 받고 있었다. 나에게 주어진 좋은 기회였다. 서류전형에서부터 강사양성 교육과정까지 연속적으로 선발되었다. 기본과정, 전문과정, 심화과정을 거쳐 강의시연 심사평가에 이르기까지 쉽지 않은 시간과 과정들이었다. 나는 인권강사 교육과정이 진행되었던 꽤 긴 시간을 열심히 배우고 익혔으며 성실하게 준비해서 평가를 받았다. 그리고 국가인권위원 인권교육 전문 강사단으로 위촉되었다. 교육받는 동안 좋은 선생님들과도 만났다. 인권에 관한 모르던 것이나 쉽게 지나치는 것도 다시 보며 인권감수성이 많이 향상되었다. 소중한 시간들이었다. 인권 역시 약자의 시선, 소수자의 시선으로부터 보는 데서 시작된다. 긍정에너지와 조력자의 힘으로 잘 어우러진 나의 삶의 가치를 인권교육과 더 잘 버무려서 겸손하고 유익하게 전할 수 있게 되었다. 만

2015년 광주, 전남, 전북, 제주 지역 인권강사 양성 심화과정까지 마치고

나는 사람을 존중하며 내게 주어진 달란트를 활용하여 돕고 나누는 마음으로 그들에게 힘이 되어주고 싶다. 그 가운데 내 삶의 이야기도 한 계단 한 계단 오르며 성장하여 평범한 사람 그 누군가의 롤모델이 되었으면 좋겠다.

JSA 방문을 통해 바라본 우리나라 통일

　한국 지도자 아카데미 교육 과정 중에 몇몇 의미 있는 곳 방문 일정이 있는데 그중 하나가 유엔사 초청 방문 및 판문점 견학 코스가 있다. 나도 초대받았다.

　오래전 여군대대에 소속되어 육군본부에 근무할 때 연합사령부와 유엔군사령부에는 몇 번 간 적이 있었지만 판문점은 가본 적이 없었다. 초대받고 판문점엘 갈 수 있다고 생각하니 기뻤다.

　한미연합군사령부, 유엔군사령부, 주한미군사령부의 'USFK-ROK 간 긴밀한 동반자 관계 브리핑' 시간은 영어로 발표하고 통역과 함께 진행되었다. 평화를 위한 한반도의 지나온 나날과 현안 그리고 미래예상 등 미국과 끈끈한 동맹국이 되어 나아갈 국가 안보에 관한 내용이었다.

　평범한 내가 국가적인 현안 브리핑 현장에 언제 다시 설 수나 있을까 하고 생각하게 하는 유익한 시간이었다.

　제3땅굴과 도라 전망대를 둘러보고 공동경비구역인 JSA 판문점에 방문했다. 정전 상황인 대한민국의 현실, 판문점에는 팽팽한 긴장감이 흐르고 있었다. 아주 짧은 시간 판문점에서 사진을 찍을 기회를 주었다. 판문점을 배경으로 하는 기념사진, 그러나 사진으로는 도저히 담아낼 수 없는 수많은 이야기들이 하늘빛에 담겨 있었고, 판문각에 담겨 있었으며, 근무를 서고 있는 초병의 자세에 담겨 있었다.

조력자가 되어 역사의 현장 판문점에 내가 설 수 있음을 감사했다. 그리고 얼마 전 방문했던 프랑스 파리 시내 가장 높은 곳 몽마르트르 언덕 위에 있는 샤크레 쾨르 성당을 떠올렸다. 많은 사람들은 몽마르뜨 언덕을 미술가들의 이야기를 떠올리는 낭만적인 곳으로 생각한다. 하지만 몽마르뜨 언덕은 프랑스내전의 아픈 상처가 있는 곳이다. 1871년 내전 '코민'으로 인하여 '피의 일주일'의 사건이 일어난 곳이다. 동족상잔의 비극으로 물든 곳이다.

이 상처를 치유하기 위해서 국민들이 하나 되어 성금을 모으고 파리 시내에서 언덕 가장 높은 언덕 몽마르뜨에 '샤크레 쾨르' 성당을 지어 지난날을 반성하고 민족끼리 다시는 같은 비극을 만들지 말자고 화합을 다짐한 곳이다.

한민족이 남, 북으로 갈라져진 현실, 어쩌다 한 번 열리는 회담의 장소가 된 판문점, 우리나라에서 가장 삼엄한 곳에 서고 보니 프랑스 파리 몽마르뜨언덕에 있는 샤크레 쾨르성당이 자연스럽게 생각난 것이다.

우리나라도 어서 빨리 평화적으로 통일이 되었으면 좋겠다. 그래서 동족의 가슴속에 생긴 큰 상처를 치유하기 위한 평화의 장소, 치유를 위하여 기도하는 건축물을 짓는다면 이삼구 박사의 염원처럼 판문점이 되어야 하지 않을까 하고 나도 같은 생각을 했다. 우리나라의 아름다운 화합의 날 평화통일의 날이 어서 오기를 바라며 행복한 대한민국의 미래를 위해 간절히 기도했다.

서울 용산 유엔사와 판문점방문. 공식명칭은 공동경비구역(Joint Security Area, JSA)

전북교육정책 포럼 패널로 참석하여 바라본 인성교육

　제6회 전북교육정책포럼 〈할 말 많습니다. 인성교육진흥법 시행과 인성교육방향〉 학부모 대표 패널로 참석했다. 인성교육의 전면적인 시행에 앞서 학생들의 공감 능력과 배려의 마음을 성장시키기 위해 인성교육을 적극적으로 실시하려는 목적에는 모두가 공감하고 있으나 인성교육진흥법에 제시한 인성교육 방향과 방법, 내용에 있어서는 많은 우려와 기대가 있는 상황에서 다양한 관점과 생각을 나누는 시간이었다. 나는 학부모로서 인성교육을 기대하는 쪽 패널로 섰다. 패널로 참석하여 내가 발표했던 원고다.

　(인성교육을 통해 들음으로, 체험함으로 다시 생각하고 행동할 것에 대한 기대)

　안녕하십니까? 저는 전주 중앙여고 1학년 딸을 둔 학부모 서윤덕입니다.
　이번 인성교육진흥법 시행을 반기며 기대하고 있는 학부모로서 의견을 내고자 합니다. 바삐 돌아가고 있는 현대사회에서 어른을 지극정성으로 섬기는 효행을 찾아보기란 아주 힘들며, 많은 어린이와 청소년들이 예의범절 무엇인지 제대로 배우지 못해 행하지 못하는 현실을 무척 안타깝게 생각하고 있었습니다. 이번 인성교육진흥법 통과는 매우 의미가 있고 개인주의, 물질만능, 외모우선주의, 분노 조절을 못해 불특정 다수를 향한 범죄 등을 돌아볼 좋은 기회라고 생각합니다.

남, 녀가 만나 가정을 이루고 아이를 출산하면 금이야 옥이야 어여뻐하며 좋은 옷 사서 입히고 맛있는 음식 만들어주며 정성을 다한다 하지만 대부분의 부모들은 아이들의 외부상황에 나타나거나, 보이는 것에 대한 필요를 채워주는 데 그치고 있다고 해도 과언이 아닙니다. 물론 일부 특별히 신경을 쓰는 가정에서는 지속적으로 관심을 갖고 대화를 나누며 아이의 몸가짐, 언어습관을 꼼꼼히 체크하여 바른 인성을 갖도록 하는 가정도 있습니다. 그러나 지금의 부모세대 중 더 많은 사람들이 가정에서나 학교에서나 제대로 된 인성교육을 받으며 어린 시절, 학생 시절을 보내지 못했습니다. 배우지 못해 알지 못하고, 알지 못하기에 가르치지 못했다고 생각합니다. 그래서 늦었지만 지금이라도 공교육기관인 학교에서 인성교육을 가르치는 것은 꼭 필요하다 생각하기에 기대하고 있습니다. 얼마 전 저는 소중한 경험을 했습니다.

한국 효행인성교육 운동본부창립행사가 진행되는 날 부모님을 생각할 수 있는 전라도 사투리로 쓰인 시(詩) 한 편을 낭송하기로 했습니다. 그러나 행사 2일을 남겨두고 전라도 사투리 시(詩)는 타 시도에서 오신 분들이 덜 공감하고 덜 감동할 것 같다고 하시면서 일반적으로 누구나 공감하고 감동할 만한 시(詩) '엄마는 그래도 되는 줄 알았습니다'를 낭송했으면 좋겠다는 연락이 왔습니다. 그간 연습한 시(詩)를 뒤로한 채 저는 새롭게 주어진 시(詩)를 준비하게 되었습니다. 하루 연습하는 과정에서 누구라도 좋으니 여러 사람들 앞에 서서 연습해 보려는 마음으로 지역아동센터를 찾아가 아이들을 모아놓고 실전에서 하듯 아이들 앞에서 시(詩) 낭송을 했습니다.

'엄마는 그래도 되는 줄 알았습니다' 를

"하루 종일 밭에서 죽어라 힘들게 일해도 엄마는 그래도 되는 줄 알았습니다. 찬밥 한 덩이로 대충 부뚜막에 앉아 점심을 때워도 엄마는 그래도 되는 줄 알았습니다. 한겨울 냇물에서 맨손으로 빨래를 방망이질해도 엄마는 그래도 되는 줄 알았습니다. 배부르다 생각 없다 식구들 다 먹이고 굶어도 엄마는 그래도 되는 줄 알았습니다. 발뒤꿈치 다 헤져 이불이 소리를 내도 엄마는 그래도 되는 줄 알았습니다. 손톱이 깎을 수조차 없이 닳고 문드러져도 엄마는, 엄마는 그래도 되는 줄 알았습니다. 아버지가 화내고 자식들이 속 썩여도 전혀 끄떡없는 엄마는 그래도 되는 줄 알았습니다. 외할머니 보고 싶다. 외할머니 보고 싶다. 그것이 그냥 넋두리인 줄만~ 한밤중 자다 깨어 방구석에서 한없이 소리 죽여 울던 엄마를 본 후론 아! 엄마는 그러면 안 되는 것이었습니다. 엄마는 그러면 안 되는 것이었습니다."

저는 연습낭송을 마치고 아이들에게 느낌을 물어보았습니다. 요즈음 밭에서 하루 종일 일하는 엄마는 거의 없습니다. 집집마다 전기 보온 밥솥이 있고 입식 주방시스템인 주거환경에서 살기 때문에 부뚜막에 앉아 찬밥 먹는 엄마의 모습을 어찌 상상하겠습니까. 또한 빨래는 항상 세탁기가 하는 것으로 생각하는데 한겨울 냇물에서 맨손으로 빨래하는 엄마를 초등학교 아이들이 상상하며 마음이 감동할 것이라고는 생각하지 못했습니다. 그런데 1학년 아이에서부터 6학년에 이르기까지 모두 감동하며 숙연해하는 모습을 보고 제가 오히려 감동받았습니다.

아이들은 "뭔지 몰라도 엄마의 마음이 느껴졌어요…….", "엄마 마음을 조금 더 알아줘야겠다고 생각했어요.", "엄마에게 잘 해야겠다는 생각이 들었어요.", "마음이 찡해지면서 엄마에게 효도해야겠다는 생각이 들었어요."라고 대답하는 것을 듣고 한

편의 시(詩)가 아이들의 마음을 움직인다는 사실을 깨닫게 되었습니다.

들려주는 한 편의 시(詩)로도 감동되는데 인성교육을 통해 사람으로 갖춰야 할 예의를 체계적으로 배우고 실습도 해 본다면 분명 아이들은 변할 것입니다. 요즈음 여학생들은 추리닝 바지 위에 교복 스커트를 입고 거리를 아무렇지도 않게 다닙니다. 속옷만큼이나 짧은 반바지를 혹은 스커트를 입고 다니는 아이들을 흔히 볼 수 있습니다. 아이들뿐 아니라 성인이 된 아가씨들도 있습니다. 어쩌다가 마주앉아 이야기할 상황이 되면 눈을 어디다 두어야 좋을지 모를 경험들 한번쯤은 다 해 보셨을 겁니다.

여름이 되면 해변에서 입어야 할 듯한 끈 하나로 된 민소매티셔츠만을 입고 당당하게 거리를 나오는 아이들도 있습니다. 타인에 대한 예의를 배우지 않았기 때문이며 한편으론 나만 편하고 좋으면 그만이지 하는 생각일 것입니다. 이와 같이 잘못된 것에 대한 잘못의 인식을 할 수 없음은 그동안 어른들이 경제발전과 민주주의만을 힘쓰며 아이들의 인성교육을 하지 않았기 때문이라고 생각합니다. 금년 하반기부터 시작되는 인성교육이 잘 정착되면 가족들과 친구들과 이웃들과 더불어 행복하게 살아가는 사회환경을 만들 수 있을 것입니다. 내 마음에 들지 않는다고 여러 사람이 읽고 보는 인터넷상에 악성댓글을 달고, 교복을 입은 채로 아무렇지도 않게 담배를 피우는 일은 없을 것으로 기대합니다.

예와 효행과 정직을 책임과 존중과 배려를 소통과 협동을 배우고 익혀 체험하는 과정을 지속적으로 교육한다면 한때 동방예의지국이라 칭함 받는 우리나라를 다시 세계 모든 민족들이 부러워하며 배우러 올 것이라 기대합니다.

이와 같은 발표문을 토대로 전북교육정책포럼 패널로 참석해 나의 의견을 펼치면서 글의 내용 중간에 들어있는 '엄마는 그래도 되는 줄 알았습니다'를 낭송했다.

행사가 끝나고 포럼에 참석한 몇몇 분들이 나에게 찾아와 "낭랑한 시 낭송이 마음속에 스며들었다.", "울림이 있다."라면서 시 낭송을 활용한 인성교육이 설득력 있게 느껴졌다고 말씀해주셨다.

나는 효인성지도사이자 인성드림교육원장으로 나만의 인성교육헌장과 나만의 비전 나만의 슬로건을 가지고 있다. 시 낭송을 활용함이 들어있다. 나의 헌장을 실어본다.

시 낭송 관련해 나는 야무진 꿈이 있다.

세상을 바꾸는 시간 15분(세바시)과 생방송 아침마당 목요특강에 출연해 '시 낭송을 활용한 인성교육'이란 제목으로 특강을 하고자 하는 꿈이 있다. 꿈은 이루어진다!

효 인 성 헌 장

성 명: 서 윤 덕

MISSION:

　나는 감동언어전문가다. 효인성지도사로서 올곧게 서서 내 발걸음이 닿
는 곳곳마다에 감동언어의 결정체인 좋은 명문낭송과 시 낭송을 활용하
여 사람들의 마음을 감동시키고 기쁨을 선물하여 변화할 수 있는 에너지
를 나눈다.

VISION:

　나는 공교육기관과 기업체 및 학부모 교육을 하는 효인성지도사로서
물질만능주의로 왜곡된 사람들의 가치관을 바로 세울 수 있도록 도우며
명문낭송과 시 낭송을 활용하여 인성교육을 하는 최초 지도사가 되어
그 선한 영향력을 대한민국 전역에 확산시킬 것이다.

SLOGAN:

　감동언어전문가 나 서윤덕은 고전명언, 명문을 낭송하게 하고 시 낭송
을 활용한 효인성지도사로서 긍정적인 사례를 전달하고 긍정을 말할 수
있도록 돕고 내가 만난 모든 사람들에게 벅찬 감동을 주며 행복의 열쇠
를 선물한다.

나의 사명

매일 내가 익숙한 장소에 머무르고 편안한 사람만 만난다면 변화를 찾을 수 없습니다.

우리 사회 역시도 그동안 무사안일주의에 빠져 편한 것 익숙한 것만 추구하다 보니, 역경을 이겨내는 힘이 없어지고 좋은 습관보다는 나쁜 습관이 더 빨리 몸에 배어들었습니다.

많은 어린이와 청소년들의 잘못된 언어사용으로 욕 문화가 확산되고 기성세대들은 알아듣지 못한 은어, 비속어, 줄임말 등으로 거칠어졌습니다.

나 서윤덕은 효인성지도사가 되어 감동언어를 많이 나누며 그간 생각 없이 지나쳤던 효와 인성을 다시 한 번 인식시켜 줌으로서 바르게 행할 수 있도록 도와 교육받은 모든 사람들을 변화시키고자 합니다.

- 나는 인성교육을 진행하면서 최소 두 달에 한 편씩 일 년에 6편의 좋은 시를 암송할 수 있도록 하여 생활 중 고운 시어를 자주 사용할 수 있도록 돕겠습니다.

- 7효를 마음에 새기며 생활 속에 아주 작은 것부터 실행하여 스스로 본을 보이는 사람이 되겠습니다.

- 인성교육을 통해 들음으로써 알게 되어 깨닫게 하고 안 것을 실천하기로 약속하고 추후 약속 실천 여부를 점검하여 반드시 생활 속에 정착시키겠습니다.

– 효인성 실천 관련 고전 명언을 외워 낭송하게 하고, 시를 직접 지어 자신이 지은 시를 낭송할 수 있도록 돕겠습니다.

– 가족에게, 스승님께, 친구에게, 지인에게 고마움을 손 글씨로 정성껏 써서 전달하는 시간을 만들겠습니다.

좌우명: 말은 곧 나 자신이다. 낭송의 감동언어로 조력하는 사람이 되자.

****

1효: 경천애인의 효	2효: 부모, 어른, 스승 공경의 효
3효: 어린이, 청소년, 제자사랑의 효	4효: 가족 사랑의 효
5효: 나라사랑의 효	6효: 자연사랑, 환경보호의 효
7효: 이웃사랑, 인류봉사의 효	

****

글을 마치며

저의 조력 이야기를 책으로 엮어주신 행복에너지 출판사 권선복 대표님 고맙습니다.

책을 낼 수 있도록 적극 주선해주고 아이디어를 주신 이삼구 박사님 고맙습니다.

우리 손짱리슬 이슬이와 혜진이, 감로헌 현주, 천자문 최진식 훈장님 고맙습니다.

우리 교육원 국장이었던 지금은 지리산 치즈랜드의 박진영 이사님 열렬한 응원 고마워요.

쌓아놓았던 글과 자료를 한데 묶을 수 있도록 동기부여 해주신 시너지글쓰기코칭클럽 유길문 회장님과 오경미, 이은정 두 코치님 그리고 글쓰기 1기팀 선생님들 고맙습니다.

책을 엮어낼 수 있도록 물꼬를 터주신 전북학생교육연수원 기동환 원장님 고맙습니다.

응원해 주신 리더스 독서클럽 모든 회원님들 고맙습니다.

책을 내기까지 저에게 도움 주신 많은 분들이 있습니다.

내가 도왔던 사람이 있듯이 나를 정말 많이 도와주고 안내해 준 최혜영 선생님 고마워요. 말없고 착하고 예쁜 최혜영 선생님과의 인연이 나를 여기까지 오게 했습니다.

전라북도 강사협회 회원으로 함께 만나 오랜 시간 늘 변함없는 선생님의 사랑이 제게 큰 힘이 되었어요.

조력자로서의 삶을 되짚어 보면서 행복했습니다.

감동언어전문디자이너

감동언어전문가이기를 꿈꾸며 살아온 나날이었습니다.

조력자가 되니 감동언어를 더 많이 사용하게 되었고 더 많은 사람들을 감동시키는 시 낭송을 하게 되었습니다.

세상은 혼자 살 수 없습니다.

더불어 살아가야 합니다.

더불어 살아가려면 돕는 마음은 필수입니다.

제가 돕고 있는 벤처기업 239 대표 이삼구 박사님은 말했습니다. "조력은 쌍방입니다."라고요.

내가 도우면 상대방도 나를 돕습니다.

돕는 마음은 서로에게 행복을 줍니다. 성장을 줍니다. 성장하며 성취하여 만족을 얻습니다.

행복과 성장, 성취와 만족은 우리들이 다 좋아하는 단어입니다.

이 좋아하는 단어를 내 삶과 우리들의 삶 속에 늘 함께하려면 올바른 의식(意識)을 가지고 올바르게 의.식(衣.食)해야 하는 것 잊지 마세요.

고맙습니다. 당신의 작은 도움이 누군가를 빛나는 인생으로 만들어 줄 것입니다!

2015. 12. 5

서윤덕

권선복
도서출판 행복에너지 대표이사, 한국정책학회 운영이사

아무리 뛰어난 능력을 가진 사람이라도 이 세상을 혼자만의 힘으로 살아갈 수는 없습니다. 앞에서 끌어주고 뒤에서 밀어주고 곁에서 부축하는 누군가가 있기에 인생이라는 마라톤을 완주할 수 있는 것입니다.

책 『조력자의 힘』은 그렇게 타인의 행복한 삶을 위해 희생과 봉사를 아끼지 않는 한 조력자의 이야기를 담고 있습니다. 여군 출신의 저자는 군대에서 강인한 정신력과 삶의 지혜를 얻었습니다. 이를 바탕으로 엄마로서, 사업의 조력자로서, 무대에 서는 강사로서 늘 고군분투하며 살아갑니다. 분명 힘든 일도 많을 테지만 늘 웃음을 잃지 않는 저자의 마음이 책을 읽는 독자들의 입가에도 미소를 번지게 합니다.

한 명이라도 더 많은 분들이 이 책을 읽고 자신은 물론이요 타인의 삶까지 돌보는 조력자가 되어주기를 바라오며, 모든 독자분들의 삶에 행복과 긍정의 에너지가 팡팡팡 샘솟으시기를 기원드립니다.